문학과지성 시인선 613

온몸일으키기

차현준 시집

문학과지성사

문학과지성 시인선 613

온몸일으키기

펴낸날 2025년 4월 1일

지은이 차현준
펴낸이 이광호
주간 이근혜
편집 윤소진 유하은 김필균 이주이 허단 최은지
마케팅 이가은 허황 최지애 남미리 맹정현
제작 강병석
펴낸곳 ㈜문학과지성사
등록번호 제1993-000098호
주소 04034 서울 마포구 잔다리로7길 18(서교동 377-20)
전화 02)338-7224
팩스 02)323-4180(편집) / 02)338-7221(영업)
대표메일 moonji@moonji.com
저작권 문의 copyright@moonji.com
홈페이지 www.moonji.com
ⓒ 차현준, 2025. Printed in Seoul, Korea

ISBN 978-89-320-4355-5 03810

이 책은 서울특별시, 서울문화재단 '2025년 첫 책 발간지원 사업'의
지원을 받아 발간되었습니다.

문학과지성 시인선 613

온몸일으키기

차현준

시인의 말

가장 싱싱한 걸음과 손길로
가꿔온 몸의 방향을 비춰
내쉬어야 했던 나의 숨으로
틔워본 말이 명치 밖으로 빠져나가며

2025년 4월
차현준

온몸일으키기

차례

1부

아이솔레이션

댄서 선생님과 거울 앞에서

촉각을 곤두세우며

아이솔레이션

왼쪽, 앞쪽, 오른쪽, 제자리로

눈동자만, 목만, 가슴팍만, 골반만 돌리기

쏟아져 내리는 절제와

필요한 공회전으로

　댄서 선생님은 isolation도, 독립도, 분리도 아닌 아이솔
레이션을

　나는 눈으로는 댄서 선생님의 아이솔레이션을

혀로는 아이솔레이션도, 분리도, 독립도, 독창적인, iso-
lation도 아닌

나의 혀, 댄서 선생님의 몸에서

웨이브

댄서 선생님은 고개 숙였다, 가슴팍만 앞으로 내밀기,
배만, 배꼽만, 골반으로, 무릎으로, 걸터앉듯이, 지탱하기,
역방향으로, 돌아오기

이제 이것을 양방향으로 부드럽게

이걸 제가 할 수 있나요?

나는 고개 숙였다, 가슴팍만 앞으로, 배, 골반, 잠깐만, 배?

아이솔레이션 중단된다

어렵나요?

아뇨, 어렵다고 말하려던 건 아니었는데요……

가슴팍 만지면서

아이솔레이션 재개된다

고개 숙였다, 가슴팍만, 배, 만, 아, 그러니까 선생님, 배 가기 전에, 배꼽보다 위에, 여기, 여기, 이 부근이에요

이 부근이 이상해요

거울 앞에서

댄서 선생님은 모르는 표정으로

댄서 선생님은 초록매실 사러 간다

고개 숙였다, 가슴팍만, 배만, 골반으로 가기, 직전에, 다시 배 내밀어, 가슴팍으로 돌아와, 배 쪽으로, 다시 가기 전에

　그래 이 오돌토돌, 오돌토돌, 손으로 만져지는

　돌연

　설명할 수 없는

　나는 어떤 흐름에 따라

　거울 앞에서

　돌출된

　기본을 앞지르는 기분과

　명치를 만지며

오돌토돌……

가슴과 배 사이로 넘김이 좋은 초록매실

적재접속

다 쓴 다회용 니트릴 장갑에 물을 채운 다음 비워내고
있었다.

속에 있는 물기를 털어내기 위해
속에 묻혀 있던 단면을 정반대로 끄집어내자

튕겨 나간 나는
난생처음 보는 들판에 엎어졌다.

허공으로부터 눈앞까지 튀어나온 장갑손이
들판에 일렁이는 동안
들판에 조금 앉아 있었다.

장갑 밖에서 누가 기웃거리기라도 하나 여긴가 긴가민
가……

뒤통수에서 장갑손이 아른거리는 동안
얼마간 나를 부르는 사람도 없었고, 내게 맡긴 일도 없
으니?

숨이 트여

들판을 샅샅이 돌아다녔다.

어디까지 가려고?

들판을 떠나 동굴이라도 파고 들어갈듯이
들판을 걷던 나에게
질문하던 내 목소리가 뒤통수까지 따라왔다.

여기서 평생 살려고?

그렇게 물어봤으니 여기서 몇십 년 지낸 뒤를 상상해
보았다.

상상 속에 묻혀 있던 나를 들판으로 끄집어내자
내 등을 밀치기 시작한 어떤 예감에 따라

돌아 걷게 만드는 풀들이 얼기설기 모여 있었지만
풀들을 관리할 수 있는 도구들은 집에 있었다.

깎인 잔디가 되고 싶은 풀들을 지나쳐
장갑손에게로 돌아와보니

손삽을 밀어볼까,

밀
어

지

자밀어붙여야겠단일련생각들이따라붙었다.

부엌으로 뒤집혀 나오는 동안 지평이 넓어지고 있었다.

장갑 손목 양쪽을 잡고 빙빙 돌리는 동안

이 경험을 써먹어보고 싶단 생각이 일련생각들을 뒤따
라갔다.

명치 위치

명치를 기준으로 한다

명치는 지금 앉아 있다

소지부터 검지까지 잘 쌓아 올린 손가락 군단이 명치에게 다가온다

손날은 명치가 가질 뒤편을 궁리한다

소지부터 검지로 열심히 헤엄쳐 온 손등은 굽이굽이 부드러웠다

손가락 군단도 흰동가리처럼 어딘가에 머무르고 싶었던 것 같다

손가락 군단과 흰동가리는 헤엄쳤던 경험을 나눴다

말미잘과 명치는 같은 돌기라는 점에서 긴밀해졌다

명치와 손가락은 말미잘, 흰동가리와 함께 비례식을 만든다

말미잘 : 손가락 = 명치 : 흰동가리

명치는 누워 있다

손가락 군단이 네 개의 못처럼 이어 붙어 명치에게 낙하한다

손끝은 명치에게 돌진하며 뭉뚝해졌다

손날은 송사리와 함께 명치 앞까지 날렵해진 몸을 보여
주었다

명치와 손가락은 송사리가 살았던 연못을 들으며 비례
식을 만든다

연못 : 손가락 = 명치 : 송사리

명치는 본 적도 없는 연못이 한곳에 오래 머물렀단 사
실과 긴밀해졌다

손가락은 본 적도 없는 명치의 뒤편이 궁금해졌다

명치는 모험한다

표면이 움찔댄다

손가락이 지나간다

안팎을 드나들게 되었다

명치환

지나갔지 | 초반에는 손으로

손이 간편해 | 바쁠 땐

지나갔지 | 자주

손으로만 살 거야? | 손으로만 들어갈 거야?

걸어갔잖아 | 손가락으로

발가락이 더 능숙하잖아 | 걷는 건

느끼기만 할 거야? | 눈 감고

뒤적이기만 할 거야? | 눈 뜨고

발가락 | 손가락과

가락 | 가락

이것을 좀더 과정으로 보여주면 다음과 같다

|손가락

발|가락

가발|락

락가발|

신전는하축구터부락가발|

당귀 방

셔츠를 입었을 땐 이렇게 하면 된다. 통풍이 잘되는 곳을 찾아간다. 가슴팍에 있는 단추 두 개를 고른다. 윗단추와 아랫단추 사이에, 그러니까 명치보다 더 안쪽으로. 복도까지 닿게 손을 집어넣는다. 이것이 내가 확보해놓은 부지에 찾아가는 방법이다.

그새 빽빽해진 것 좀 봐

단숨에 끼쳐 오는 향내

남미 향을 담았다는 디퓨저를 책상에 놔둘 때도 이 정도는 아니었는데…… 밭에 자주 찾아오는 편인데도 나는 늘 모르겠다. 입이 벌어지고 만다. 당장 흰쌀밥 흑미밥 사이사이 잡곡들…… 잎에다 올려놔도 쉽게 부서지지 않을 찰기가 입안에서 몇 바퀴씩 감싼다고 생각해봐. 적당히 차진 밥을 한 품에 안아줄 당귀들이 여기 이렇게나 많고

작은 당귀밭
밭을 품고 있는 당귀 방

벽과 천장과 창문과 손잡이
제각기로 쳐다보는 당귀들

저 줄기들끼리 깍지 낀 당귀들은 선택받지 못했다지,
뽑아내니까 바스러지는 거 봐, 어떡해, 말하면서 당귀를
거두는 손길은 거침없다. 이 당귀들을 모두 뜯어 먹는 생
각만 하면 참기름 고춧가루 버무리는 손처럼 즐겁다. 기
분 좋은 숨을 들이마시자 당귀 향이 가득 들어왔다. 신나
서 줄기들을 살살이 뒤지다가 어느 손가락이 건드린 당귀
가 그렇게 싱싱하다는데…… 싱싱한데 싱싱? 잠깐만 싱싱
은 아닌 거 같은데 싱싱……이 아니라 밍밍……?

그 주변 좀 젖혀봐

줄기가 잘 안 잡혀

나는 밭에 멈춰 섰다. 그 부근을 제대로 들추자 당귀 줄
기를 타고 올라 꼬물꼬물…… 언젠가 하천에 가면 주근깨
가 간지럽던 적이 있었다. 그때 그 기분에서 빠져나온다.

당귀밭에서 빠져나와

당귀 방에서 빠져나와

복도에 늘어선

적근대 방

치커리 방

상추 방

케일 방

겨자 방

호박잎 방……

내가 자처한 방들……

오늘 점심은 쌈밥을 먹으려고 했다. 두부를 으깬 강된
장도 올려 먹으려고 했는데…… 나는 도통 생각을 멈출
수 없다. 얼마 전 집 안 냉장고 구석에서 녹고 얼고 녹다
잿빛으로…… 물컹해진 치커리의 퀴퀴한 냄새. 치커리를
처분했던 일이 떠오른다. 냉장고는 당황하지 않았다. 냉
장고 앞에서 나는 당황했다. 지금도 밭 구석에서 뭉쳐지
고 물컹해질 당귀들……

이거 봐, 복도에 또 멈춰 섰잖아

  셔츠 밖에서 들어온 흰 김이 복도를 감싸고 나를 감싸
고 나서야 복도에 멈춰 섰다는 걸 깨달았다. 당귀 방으로
흰 김이 들어가려 할 때 나는 당귀 방이 아닌 복도 밖으로
뛰쳐나간다.

  셔츠 단추들 사이로 당귀 진물을 가득 묻히며 빠져나오
는 축축한 몸

  단추가 튕겨 나갔으면 아마 실밥을 쥐고 한참을 부엌에
서 있었을 것이다. 새까맣게 그을린 찜기 앞에서 훅 들이
켜는 당귀 향과 탄내. 찜기에 물을 붓자 엄청난 연기가 솟
아오른다. 흰 김과 연기가 동시에 당귀 방으로 들어가고
말 텐데.

  손은 가끔 답답해죽겠다. 손을 보고 있는데도 흰 김과
연기에 관한 생각을 멈출 수 없다. 관자놀이를 스쳐 머리

주변을 맴돌아 구름을 형성해내는 형국으로 나를 감싸고
돈다.

아무것도 못 하면 어떡해?

구름이 감싸고 토닥거려준대도……

그러고선 당귀들에게 찾아가 스콜을 흩뿌려놓는다
면……

나는 니트릴 장갑을 갈아 끼고 셔츠 단추들 사이를 지
나 단숨에 당귀 방을 향해 손을 집어넣는다.

당나귀

나는 그 일을 이명으로 이해했다.

한낮 거실 바닥에 쓰러지듯이 누워 있었다. 김이 다 빠져나갔다. 연기를 빼내는 데에도 최선을 다했다. 몸을 감싸오는 그 일만 생각하면 질색팔색을 했지만.

환경을 바꾸려 기를 쓰고 대교를 걸었다. 경쟁력 있는 걸음은 아니었지만.

당귀가 떠난 환경을 겪는다. 당분간 당귀라면 안 키우고 싶어. 당귀를 섭취하려는 이들에게 번듯한 당귀를 나눠 주고 모종의 의무를 덜어낸 것 같은 마음.

대체 스스로 만들어낸 의무에 왜 의무적으로 고통을 느껴야 하는지 모르겠어요. 내가 당귀를 뽑아내고 고통이라도 심어놨나 봐요?

그래도 여기까지 올 기운은 있었네요.

이비인후과는 중학생 때 축농증 치료를 받고 나서는 처음 와봤다. 대기자가 드문 좌석에 앉아 있는 동안 이명이 선명해진다.

대기실 티브이에선 해설자와 패널들이 앉아 있는 프로그램이 방영되고 있다. 패널들은 각자 자신의 쇄골에다 손을 올려 문지른다. 해설자는 패널들의 손등마다 자신의 세 손가락을 청진기처럼 올려두며 말하는데, 에, 그러니까 외부에 신이 존재하건 말건 내 내부에, 신이 있느냐는 겁니다. 이 쇄골 속에 신념이 있으세요? 진료실로 들어가실까요?

들어가서 심리 상담이라도 할 것처럼 왜 그랬지? 왜 그렇게 토로했지? 왜 그랬지?

그분이 정신의학 전문의였어도 내 방과 복도를 정확히 이해했겠니······

이해했을까?

이명은 심했어요.

이비인후과 전문의는 내 전후 사정을 무시하진 않았지
만, 그가 내게 건넬 수 있는 대책은 헤드폰으로 하는 귀 마
사지와 약밖에 없었다.

((((Ear Drum Massage))))

약봉지를 들고 대교 위를 걷는다. 아쿠아리움 사이를
가로지르다 뺨에 스치는 물방울이 유영하는 모습으로. 걸
음은 나른했다. 오늘만큼은 급박하게 걷지 않아도 되니까

당나귀 보폭으로 걸어간다.

당귀들도 그렇고 별생각이 다 뛰쳐나간 거 같지. 대교
아래로 하천이 다 흘러간 곳에선 이명들이 작은 모양으로
모여 떠들썩할 테니. 누구 하나 벤치에 앉아 있지도 않고.
광장을 가로질러

당나귀 보폭으로 걸어간다.

누워 있었던 거실 바닥에 햇빛이 사라지고 있었다.

복도로 가 당귀 방으로 들어가보았다.

당귀에만 몰두하던 마음이 다 빠져나갔다. 빽빽했던 풍
경은 분명히 기억하고 있었지만.

이제는 욕심을 덜어낸 방에 천장까지 닿는 당귀 몇 그
루를 들여온다. 느리게 나풀거린다.

나는 당귀 사이에 풀썩 앉는다.

입이 벌어지고
약을 털어 넣고

((((Collarbone Drum Massage))))

나는 이 일을 당나귀로 이해했다.

도로 도치

도로 신호등이 빨갛게 깜빡인다.

보도 신호등은 꺼져 있다.

도로에서 도로 신호등을 쳐다보며

깜빡이며 켜지는 검은 신호에 집중하며

보도의 두 배 세 배 부피를 가진

빈 도로를 걷는다.

마지막 차가 지나간 지 30분은 족히 지났을 것이다.

마지막 차는 고성방가 같은 건 안 하는 운전자가 몰던

옅은 바람이 만들어내는 온도가 만들어내는

도로로 퍼져 나오려는

구체적인 말이 입 밖과 도치되는 동안

보도 위로 종종 자전거나 왁자지껄이 혀 위로 지나간다.

보도 신호등 시야에는 지금 나밖에 보이지 않는다.

내게 내재된 신호등은 아무런 신호도 표시하지 못하고
있다.

도로에게만 들리는 속내가 도로 위로 보도된다.

왁자지껄보다 왁자지껄한 속내가 내는 소음에

감정적으로 무너지지 않는 도로와 보도에게

강단 있는 태도를 배운다.

아직 아무 사람이나 아무 물건이 다치지 않은 도로가

끝나가는 동안

　신호등을 본격적으로 작동시킬 담당자는 눈을 비비고

　다시 서로 도치될 도로와 보도를 걸어

　밖을 돌아다니다 도로 집으로 도치되는 나에게

　보도로 올라가려는 마음이 깜빡이기 시작했다.

도움밭

계약했어.

뭐를?

거기 언덕에.

거기 무슨 언덕?

일요일부터 가려고.

같이 가?

종묘사 갈 거야.

종묘? 종로?

근데 옷 안 갈아입고 가게?

……먼저 가고 있어봐

세면대 앞에서 물던 칫솔을 물고

도움밭에 가게 된 얘기를 하러

복도로 뒤집혀 들어와

안밭에 왔다가

안밭 밖으로 흘린 흙을 쓸어 모으다가

양칫물 묻은 흙을 도려내 움켜쥐었다가

방과 복도에 있는 모든 조명을 끄고 나와

가슴팍에 묻은 일말의 흙 티끌
손으로 닦아낸다

가족들을 뒤따라
이제 밭에 가는 길이다

죽은 땅을 다시 일궈놓은 뒤로
주민들의 발걸음이 되살아났다
종묘사에도 활기가 돈다
삽이나 장갑을 처음 구매하는 사람들도 찾아온다고 한다

엔간한 거 다 거기 밭에 가면 있어요.
뭐 심게?
귀에 꽂히는
모종들을 담는 가족들 목소리.
지금 뭐 심는 때인데?
아시아버터헤드?
뒷면 보면 심는 시기 나와 있어.
로메인 구워서 시저드레싱 뿌려 먹고 싶어.

깻잎 기르려면 물 진짜 많이 줘야 해. 너 하루에 두 번씩 올 수 있어?

장마철 지나고 폭염 오면 하루에 두 번씩은 와야겠네. 새벽이랑 저녁에.

두 번 간다고 할 일이 다 끝날까?

도움밭에서 거둔 경험과 지식을
안밭으로 가져가는 동안
이해관계가 형성된다

베란다에 놔둔 모종들은 일요일에 챙기면 된다
사각봉투에 담아 놓은 씨들은 식탁에 가지런히 세워져 있다

안밭은 틈틈이 계약이 연장된다
도움밭은 10월부터 기존 주말농장 이용자들에게 추후 이용 여부를 묻는다

집에 도착해

이제 밭에 가는 길이다

가족들에게,

실은 식탁에 있던 거 몇 봉지 내가 따로 챙겼어.

걔네 안밭에 잘 적응하겠지?

다음에 종묘사 가면 원래대로 사서 갖다 놓을게.

키트

둘렀던 에어 캡을 뜯으면
다음과 같은 구성품이 있다

손바닥에 바닥을 올려놓는다. 네 벽을 둘러 세운다. 천
장으로 덮는다.

사물이 만들어지는 광경이 만들어지고
광경 속에서 사물이 만들어진다

사물을 가르치는 설명서는 기틀부터 세워야 한다고 일
러둔다

가로지를수록 잡혀나는 윤곽

전개도가 몸을 일으켜
겨냥도가 되는 동안

손바닥에는 방이 있다

둘렀던 벽 하나를 열면
다음과 같은 광경이 있을 것이다

바닥에는 밭이 있을 것이다. 흙을 촉촉하게 고른다. 이
랑과 고랑을 가른다.

손바닥에서 흙내가 난다

흙내와 잘 어울리는 작물들이 차례로 오고 있다

손바닥과 방 곁에는
먼저 만든 방들이 널려 있다

밭에서 무언가 기르기 전에
방부터 충분히 길러낸다

block jack

jack을 마련했다.
pallet을 나르던 현장에서 데리고 왔다.

복도로 안착하는 jack.

방들의 배치를 손으로 뒤적일 때보다
정리정돈을 더 효과적으로 운용하는 jack의 손은 꽤 유
용하다.

jack이 지나가는 몸짓으로도
방들은 복도를 침범하지 않기로 한다.

사이를 쏘다니는 jack.

몸집을 멈춰버린 방 하나를 발견한다.
그 방은 더는 솟아오르고 싶지 않다 말한다.

이곳으로부터 분리되고 싶다면
쏘다닐 너른 들판이 차오른다면

얼마간 검토하다가
방을 존중하는 쪽으로 판단이 흐른다.

jack은 jack의 두 손을 적극적으로 활용한다.

jack은 누군갈 찌를 용의가 없었다는 식으로
생채기 내고 싶지 않은 나의 의도를
파괴하지 않고서
파악하고서

jack은 침착하다.

방을 떠낸다.
배치를 손본다.

떠낸 방을 싣고 복도 밖으로 데리고 나오면

방은 떠난다.
jack은 바라본다.

방과 지냈던 일은 이제

밀봉이나 개봉 같은 생애 절차를 밟을 수 있다.

분리수거장에 가야 하는 택배 박스처럼 납작해질 수 있다.

jack은 가끔 바퀴의 속도를 다르게 하고

jack은 진취적이다.

나를 싣고 외면으로 데리고 나오는 jack.

셀프 캠코더

옆 날개를 열자 캠코더가 쳐다보는 모처. 옆 날개를 뒤집는 동안 카페 내부는 시티 뷰를 보고 있다. 뷰어viewer는 뷰이viewee와 함께 옆 날개에 부착된 화면을 본다. 옆 날개를 관통하는 높은 층. 이렇게 넓은 전경을 보고 있으면 무슨 말을 해야 할지 모르겠어요. 머뭇거리다 목소리가 종종 튀었다가 근데 이거 옆에서 다 듣고 있으면 어떡해요? 걱정하는 뷰이의 목소리에 시럽을 섞어주는 뷰어.

기분에 따라 배치를 바꾼다고 들었다.

그곳의 배치를 그렇게 매번 바꾸지는 않았다. 그곳에서 목을 젖혀 천장을 보고 있으면 심장 소리가 들린다. 심방에서 뭔가를 하고 있는 것 같다. 거기 서 있던 내 기분에 따라 내 위치를 이리저리 바꿔보긴 했는데. 그곳의 배치까지 그렇게 걸핏 바꾸지는 않았다.

이건 오늘내일 세우고 마는 팝업 스토어가 아니다. 어떤 건물을 세워놨다가 층을 덜어낸 적은 있었다. 그 건물을 그렇게까지 치켜세울 건 아니어서. 그 뒤로 그곳의 용도도 바꿔보고 태도도 바꿔보고 그랬다.

좌심방과 우심방에서
양방에서 양방으로 계승된 그곳에서
복도는 정도를 모르고 늘어났다.

그간 안팎으로 운반한 것들이 많았을 것 같은데.

한창 얘기하느라 거기에 뭐가 있었는지 기억이 안 나네.

뷰이는 뷰어와 카페의 위치를 동서남북 까뒤집는다. 뷰어는 순식간에 바닥 위에 서 있다. 바닥을 바라본다. 뷰이가 뷰어를 바라보는 것 같다. 뷰어와 뷰이는 위아래로 걷는다. 뷰어와 뷰이는 수직으로 다다른다. 뷰이가 어느 방을 열고 들어가 목을 젖혔는데 뷰어의 발바닥이 돌아다니고 있었다. 뷰어는 순식간에 복도를 떠올려 복도를 걷다가 뷰이가 열었던 방을 열자 아까 그 시티 뷰와? 테이블? 커피와 캠코더가? 옆 날개가 열린?

방에 있는 통유리로 비친 카페에 있는 통유리로 비치는 시티 뷰.

심방과 양방과 복도로

한 팔을 펼친 뷰어

뷰이가 펼친 한 팔

그곳의 입체.

명치에 걸친

들쑥날쑥

뒤덮는다.

총체가 된다.

2부

나주산림연구원

길목에 푯말이 있다는데.
여기도 없어.

메타세쿼이아가
향나무가

두 줄로 나란히
두 줄로 나란히

참 울창하다.
참하다.

끝을 모르고 자라버렸네.
꼼꼼하게

목을 젖히다
둥근 언저리를 돌아 나와

흙길로

아스팔트로

건너 향나무를 내려다보는 그루들
건너 메타세쿼이아를 쳐다보는 사람들

나무병원?이라는 곳이래.
얼른 가자. 더워죽겠어.

치유광장이래. 치유되는 거 같아?
치유받고 나와서 저 인파 보면 숨 막힐 거 같아.

잔디도 숨 막힌대.
여기 밟아도 되는 잔디 아니었어?

벤치 포토 존 이런 거 원래 없었던 거 같은데.
풍경 맛집이라고 아주 웨이팅까지 있네…… 기다릴 수
있어?

건너 향나무에 늘어선 사람들을 쳐다보는 사람들

건너 메타세쿼이아를 쳐다보는 그루들

광장이 넓긴 넓다.
오늘은 햇빛이 세지 않아서 좋은 거 같아.

미시령

예보나 경보가 없는 날에 탐방지원센터가 있는 중턱에
차를 세웠다. 바람이 이 지경으로 부는데 사람이 날아갈
정도는 아니라서? 화장실에 들르고 싶은 기분이 다 식어
가도 화장실은 급해죽겠고 화장실에 가고 싶고 불상사는
일어나지 않았다. 역방향으로 부는 강풍을 거스르자 얕
게 뜬 눈 속으로 속초 전경이 훤히 펼쳐지고 있었다. 속초
를 감상하는 도중을 일정하게 괴롭히는 이 바람 세기, 이
시간, 이 지역에서 재난이 안 일어난 걸 감사하게 여기라
는 건가 어처구니가 없네 진짜…… 탐방지원센터의 처마
아래 바람과 햇빛은 팽팽했다. 이 순간을 가로지르며 미
시령을 가로지르는 어느 차는 용감했다. 남은 미시령 동
선을 생각하느라 신경이 팽팽해졌다. 머리칼은 탄력이라
도 자랑할 것처럼 공중으로 솟구쳤다. 아침에 머리 다 만
져놨는데 다 망쳤어. 망친 기분을 망쳐버리는 힘으로 망
친 기분을 미시령에 버렸다. 머리칼처럼 빗을 수도 없는
미시령의 동선을 하나하나 빠져나오다 소화가 되기 시작
했다. 졸음운전 방지 구역에 정차해놓고 바람보다 감정을
먼저 가라앉혔다. 폐가 팽팽해졌다.

쑥대밭

호미질 심해진다. 16층 거실에 가면 탁 트인 전망. 날씨만큼이나 말쑥해서 경계가 다 휘발된 유리창 속에서 발휘되는 호미질. 거실에서 걸어와 호미질하는 와중에 광활한 계곡이 들린다. 아파트까지 범람할 수 없게 덜 완만하고 덜 급격하게. U자곡에 고여 흐르는 하천. 홀로 허리 펴 앉은 U자곡. 몇 단지째 복제되어 촘촘히 연속될수록 넓어지는 U자곡의 경사면. 경사면에는 호미와 쑥들이 함께 군집해 있다. 군생할 시간까진 없다. 쑥들은 군생하려 했다. 그 위로 단거리달리기 달려 나가는 호미들. 역방향으로도 달려오는 단거리달리기. 객년 봄을 복습하듯 달리기. 암벽에서 발휘되기 좋은 안간힘을 유도하는 경사면. 간혹 호미보다 매서운 손아귀. 야무지게 움켜쥐는 작업 처리 방식. 허리에 둘러맨 접이식 시장바구니. 경사면에 매달려 있다 올라 디뎌보기. U자곡 양옆으로 평행히 펼쳐진 평지. 어느새 하천을 바라보며 평지에 걸터앉아 쉬기. U자곡으로 내리는 벚꽃잎. 벚꽃잎이 쳐다보지 않는 경사면과 하천. 벚꽃잎과 경사면과 하천을 동시에 쳐다보기. 미풍으로 나는 벚꽃잎. 미풍으로 일어나는 하천의 물결. 미풍으로 이는 눈썹. 하천도 언젠가 들어본 적 있는 바다의 파도. 달리는 혀 위에서 일렁이는 숨소리. 온갖 냄새가 범람해 녹아든 물내. 코밑을 훔치는 손목에 묶인 물컹한 바구니. 수북한 쑥 더미. 체모가 뽑힌 경사면. 다음 체모는 굵게 자라나. 그다음 체모는 소식을 전하지 않았다. 쑥대밭이었던 경사면은 쑥대밭이 되었다. 뜯다 말고 어느새 걸터앉아 쉬기. 쑥대밭이 날렸던 머리칼은 잘 감겼구나. 물내와 쑥내. 쑥내는 16층에서도 맡고 1층과 6층에서도 16단지와 16동에서도 맡는다. 경칩이다. 질긴 쑥떡을 먹는 동안 쑥내가 아파트마다 웅크려 울음을 떨친다. 쑥덕거린다. 쑥내밭이다.

루콜라

알루미늄 사다리에 앉아서 우거진 방을 둘러본다 사다리는 굵고 안전을 보장한다 했고 흙 속에 분명하게 박아 놨고 접은 채로 갖고 왔다 쫙 펴놨고 앉은 채로 몇 번이나 엉덩이를 들썩였는데 추락하진 않았으니 말이다 우거진 꼴을 보고 있으면 멍한 표정이 자라서 우거졌다 사다리가 설 공간을 확보해낸 것만으로도 어느 정도는 해낸 거 같아 얼이 나가 조경 가위를 꽉 쥐고 있다 얼이 나간 게 뭐지 싶을 정도로 아무 생각 안 하고 있다가 사다리를 들여오느라 겨우 낸 경로를 바라본다 방도 밭도 벽도 창도 구분하기 힘들다 천장은 어느 쪽도 드러나지 않았다 스피커가 달린 곳이 어딘지 감이 안 올 정도로 사방으로

루콜라들은 서로 손잡고 뭉쳐 있다 진액이 흘러나오지도 않는데 끈끈한 우정 같다 그런 우정, 샐러드 안에서 발휘해봐! 피자 위에서 발휘해봐! 멜빵바지 주머니에 걸쳐놓은 도구들을 시시각각 바꿔가며 루콜라들을 서로 떼어냈다 사다리에 앉아서 사다리를 올라가다 말고 사다리 사이에서 숨 좀 고르다 가자 사다리를 조금씩 옮길 수 있게 되었다 일단 조금씩 벽 쪽으로 벽 쪽으로 지금은 벽에 부

덮히는 것이 필요하다 사다리를 벽 앞으로 안착시킨다 사
다리 위에서 조경 가위로 조금만 더 막바지 작업을 한다
스피커가 드러나자 멍멍한 소리가 명확해지기 시작했다
루콜라들은 내 귀보다 바깥 소리를 잘 듣는다

  그들은 내가 루콜라를 손질하는 동안 엎드린 나를 보고
있을 뿐이다 그들의 목소리가 스피커를 통해 방 안에 흘
러나온다

  자?
    자네
  쟤 말도 많은데 평소에 주변에서 말 많잖아
    쟤 지껄이는 거 듣고 있으면 좀 기 빨려
    쟤 손 봐, 개더럽지 않냐
        축축하고 좀 시큼한 냄새 나
손에 무슨 녹조…? 같은 거 꼈나 본데?
      으…… 뭔 풀냄새야……? 난 고기 먹을 때 쌈 싸 먹
는 애들이 제일 싫어
        잡초 이런 거 아니야?

낫을 휘두른다 벽이 다치지 않을 정도로만 휘두른다 사정없이 맥없이 루콜라 한 묶음이 푹 쓰러진다 망가진 밭 위에 루콜라들이 누워 있다 그 곁으로 루콜라들이 다시 자란다 폭발적으로 자란 루콜라들은 쓰러진 루콜라들을 감싸고돌았다 스피커에서 흘러나온 그들의 목소리는 나를 감싸고돌았다 스피커와 루콜라가 동시에 나한테 우냐? 울어? 외친다

꾹 참으면 장화 주변으로 흥건해진다 밭도 흥건해지기 시작했다 책상에 엎드려 있는 동안 흥건한 적 없었다 루콜라들의 수분이 풍부해졌다 여기서 자란 얘기들을 묻힌 손들이 쭉쭉 자라 방을 빠져나가고 있다

뿌리를 움켜쥐고 복도로 나와
죽은 루콜라들을 상자에 담아낸다

손이 큰 루콜라 한 줄기
흙 털어내고 씹는다

왕가위

저벅저벅. 다리가 모이고 벌어지는 모양. 대낮에 저벅저벅. 일과를 싹둑싹둑. 오늘을 자정까지는 다 잘라내야 하는데 오늘이 아직 남았네. 오후도 다 못 잘라냈는데. 따분한 서류를 구하러 다녔는데. 무인 발급기에서 종이가 쑥쑥 자라나서 고분고분 읽어봤지. 초본에는 이력들이 줄줄이 덕지덕지. 나는 그런 리듬으로 저벅저벅 걸어와 쑥쑥 자라났구나. 마냥 고분고분하지는 않았던 거 같은데. 스테이플러 심 다 뜯어버리고 싶네. 서류에 선을 싹둑싹둑 확실히 새겨 접었지. 봉투에 넣지 않은 생각은 접고 다시 저벅저벅. 생각이 열심히 저벅저벅 생각하며 걸어오는 동안 도대체 걸음은 어디까지 걸어왔지?

여기까지 어떻게 징검징검?
질겅질겅.

지도 앱은 만능이야.

최적화된 경로로 걸어가는 동안
건물들은 언제 이렇게 쑥쑥 자라났구나.

사선 가로지르기.
그건 광장을 동강 낸 건 아니었다.

저벅저벅보단 천천히.

일몰하는
정류장까지
걸음은 고분고분.

교차하는 두 횡단보도에는
사람들이 덕지덕지.

가만,

최적화된경로……?
적화된경로……?
화된경로……?
된경로……?

경로……?

로……?

……?

…?

?

질경질 경 질경 질 경　질 경　질　　　경……

최적화된마음적화된마음화된마음된마음마음음……

내가 어디까지 걸어왔더라?

당황이

저기저벅저여기벅지덕지기여기덕지

　찾아와 한 사람의 평균적인 몸집만큼 쑥쑥 자라나기 시
작하는 나의 향방. 향방과 깍지 끼고 이인삼각하기. 일단
고분고분보다는 모르겠는 태도로. 최적이었나. 기억이 죄
다 싹둑싹둑. 사람들이 조금 앞서 걸어가 넉넉해진 광장
이 쾌적해진다는 사실부터 머릿속에 스테이플러로 찍듯

이. 저녁이 쑥쑥 자라나는 광장에 불규칙한 빛으로 만드는 흰 징검 블록 군데군데. 질겅질겅. 절취선이 있다고 생각하는 모서리에 저벅저벅을 교차하면서. 징검징검.

채팅 방

검지 한 번 까딱였는데
후루루루룩……
번지점프하는 스크롤바
지난 부스러기들   999+
마디마디 쌓은 젠가였음
압도적인 건물이었겠지
마디마디 붙여서 작곡했음
거대한 규모의 음반이었겠지
마디마디 다 기억했어 봐
까무러치고도 남았지 뭐
이 목록을 복기하는 방향대로
성실하게 추적하는 나의 검지
무슨 예리한 형사인줄ㅋ
검지 형사 시선에 포착된 방들
여긴 메시지를 보냈던 거 같은데
채팅 내역이 손실된 방
그다음에 내가 보낼 차례였는데
의향이 손실된 방   7
안부 한번 물을 생각 없으면서

온몸일으키기

지난해 구청에서는 이 길거리의 보도블록을 상당 부분 들어내고 새로운 블록들을 깔았습니다. 그 뒤로 나도 이 거리에 같이 누워 있습니다.

배 위를 밟고 지나가는 사람들은 이따금 한국어를 쓰다 침을 흘립니다. 침은 내 몸에 자연히 스며듭니다. 나는 한 국어 구사력과 침 흡수력이 좋거든요! 이건 방금 지나간 버스 밖으로 들렸던 라디오 광고에서 습득한 말투입니다.

버스에서 승객들이 쏟아집니다. 근처 국밥집에서는 배 부른 기사님들이 쏟아집니다. 기사님들은 정겹습니다. 정 겹다는 건 오래 누워 있었다는 거죠? 우리 좀 오래 봤거든 요! 기사님들은 나를 쳐다보지 않습니다. 등 돌리고 싶어 질 때 등 아래로 표정을 모르는 기억이 스며들었습니다. 그 기억은 나를 자주 간지럽히느라 등 아래에 있는 흙을 한동안 휘저어 놓았습니다. 그것에 닿는 손을 만들어 내 고 싶었는데 종종 실패했습니다.

나는 내 등을 세워 완전히 앉아 있는 모습도 상상해봤

습니다. 움직이고 싶을 때마다 몸에서 거친 부스러기만 묻어 있을 뿐 나에겐 일어나 앉을 근육이 없습니다. 생각하는 근육만 감수분열처럼 늘어났습니다.

그럼 여전히 누워 있는 걸 잘해보기로 합니다. 나는 답답한 기분에 뛰어나거든요! 망각이 블록 사이에 껴 있습니다. 망각은 기억의 별명이 되기도 합니다. 기억처럼 오랫동안 내 뒤통수를 감쌌습니다. 기억은 나의 등 아래에도 울퉁불퉁한 허리 옆에도 나의 배 위에도 있을 테고.

거친 피부 위로 얹힌 기억들이 산더미로 쌓여 있습니다. 과속방지턱을 넘어가며 매연을 풍기던 오토바이가 지나갈 때도, 초등학생이 떡볶이 양념을 흘리고 갈 때도, 욕설을 남발하는 사람이 괴성을 지를 때도, 이제부터 누구세요! 애인들끼리 싸우는 육성도 내 아래로 많이 남겨두었습니다. 태풍이 와서 나무가 어쩔 수 없이 내 위로 쓰러졌을 때도, 나는 이 자리에 있었습니다.

나는 요즘 들어 다른 곳으로 떠나고 싶습니다. 움직이

는 데에는 지진이 효과적이겠지만 태풍도 의외로 효과적일 겁니다. 태풍이 오면 블록들은 잠시나마 흔들리고…… 그보단 내 앞에서 주저앉아 울던 사람에게 흔들릴 것만 같습니다. 비슷하게 생긴 사람마다 말을 걸고 싶어집니다. 며칠 전에 여기 앞에서 웅크리지 않았나요? 내게 잠시나마 희망을 주고……

이렇게까지 얘기한 모양인지 누군가가 나를 빤히 쳐다보고 있습니다.

나를 옮겨줄 건가요?

끈적한 먹이를 얹고 느리게 걸어가는 개미는 나의 천적입니다. 개미를 보는 사람은 내 위에 떨어뜨린 콘택트렌즈를 주웠습니다.

차라리 낮잠을 자겠습니다. 이제는 누군가와 손을 잡고 싶지 않거든요. 내 곁에 있는 틈에 손가락을 집어넣어 내 등을 세워줬으면 좋겠습니다.

나보다 먼저 일어나 앉았던 생각은 전력 질주 할 생각
으로 횡단보도 너머로 달려갔습니다. 주말에 비바람이 올
거란 예보를 들었던 것 같습니다.

서울 설화

어디에나 널렸지만 어디에도 없었다는 말 사이에도 신은 공백처럼 껴 있었다

신은 낙산공원 근처 저녁 산책을 하던 인간들 사이로 잠입해 자신의 몸을 지점토처럼 뚝뚝 떼어 행간이 있는 곳이라면 죄다 펴 발라보았다

지금 신은 성벽에 걸터앉아 자신의 엉덩이에 엉덩이를 더 뭉쳐놓는다

서울은 신 안에서 일어나고 있었던 거대한 사건이었다

시가지는 신의 장기로 구성되어 있었고 거리는 혈관처럼 뚫려 있었으며 사람들이 만들어낸 사건은 캡슐 밖을 뛰쳐나간 성분처럼 떠돌아다녔다

신은 그것을 장기적인 관점에서 바라본다

역사는 오랜 시간 신의 사생활을 추종해왔다 미술계는

기필코 보이지 않는 경계를 헤집어 신의 비밀을 기록하려 했다 신은 종종 국립현대미술관에 방문해 사실관계를 검토해왔다 그것을 잘 엮으면 유능한 서적을 발간할 수도 있었다 신보다 발 빠른 작가는 극단적으로 대중성을 추구했다 독자들이 광신도처럼 몰렸다

　신은 조금 더부룩하다

　발간된 서적 안에서 인상적인 부분을 발췌해보자면 다음과 같다
　: 서울은 어디에나 널렸지만 어디에도 없습니다. 서울은 서울특별시의 것입니까? 대한민국의 것입니까? 안국 경복궁 광화문까지 걸어와 이순신 장군과 세종 대왕 사이에 있는데도 서울은 어딨습니까? 서울이 있습니까? 서울을 빚어보겠습니다. 누구보다 거대한 서울을 빚으려 하겠습니까? 서울에 서울을 뭉쳐놓는 것입니다. 이것은 장기적으로 끌고 갈 일입니다. 서울이 부족하다면 추가적인 서울을 목 너머 아래로 배양해보십시오. 자랐습니까? 서울입니까? 서울 밖으로 자랐다는데요. 유레일패스를 타고

서울에 가는 중입니다. 샌타모니카에 가서 서울과 함께 낮잠을 잤습니다. 쿼카와 서울을 만지지 않고 서울 한복판에서 쿼카와 셀피를 찍을 수도 있습니다. 고려인 몽골인과 트램펄린 위를 뛰면서도 서울을 구사할 것입니다……

신은 그것을 파악하지 않고 작가의 권유를 콧속으로 흡입한다

인간들은 신을 가지고 그러했던 것처럼 서울의 사생활을 추종하기 시작했다

신은 그것을 무어라 일컫지는 않았다 투명한 목젖을 만져보았다는 증언만이 소소하게 돌았다

신은 단지 성벽에서 내려와 엉덩이를 툭툭 털고 낙산공원을 빠져나올 뿐이다

와중에 신은 설화를 전달하던 이에게 설마 물어본다
"그대는 그대가 적어 내려간 단락 안을 좌지우지할 수

있는 신이겠습니까?"

적어 내린 이는 소스라치게 놀라 따옴표 안에 그 발언
을 가둬놓았다

신은 서울을 지닌 채로 서울을 빠져나간다

뭉게나무

깻잎은 한 주가 찾아올 때마다 남달랐다.

이 정도로 책임질 생각은 없었는데,

대규모 경작을 하기엔 다른 방에도 벌여 놓은 작물이 너무 많은데, 그 지경이면서 여기 와서 시간이나 때우고 있고, 감당할 수 있어? 감당할 수 있을 만큼의 흙을 긁어모은다. 흙은 흙이 살아갈 면적을 검토해본다. 평수와 옵션을 따져가며 지내게 될 방의 잠재력을 가려낸다. 흙은 작물의 이다음을 지켜볼 아량을 발휘한다.

깻잎 모종들을 무작정 들여오던 시기에는 깻잎 심는 일을 엎어버릴 수도 있었다. 깻잎 방을 다 헐어버리고 싶은데. 아니야. 그즈음의 척박한 감정을 다 뒤덮고. 천박해진 흙을 까부르고도 줄기는 틔워졌다.

두고 봤다.

깻잎은 가지고 있는 모든 역량을 벌려보았다. 모든 손

가락을 뻗어서. 넘치는 자본금을 가진 대주주가 세분화해 나간 조직도처럼. 나는 종종 행정력을 행사할 수 있는 인력으로 기용되었다. 속잎을 떼 주면 그다음 주에는 더 큰 속잎이 자랐다. 속속들이 속잎들이 잘 자랐다. 질적으로 대규모 생장을 이뤄냈다. 잎이 얼마나 있는데? 도움밭에서 깻잎을 키우던 사람에게 깻잎 방에 있는 깻잎 개수를 어림잡아 말해주니 보통 그 정도면 나무를 상상하지 않느냐고 답했다.

깻잎 조직에서는 나무 정도 향이 새어 나왔다.

내가 기르려던 깻잎보다
의지가 길러내는 깻잎 향은 남달랐다.

복도에 들어가는 길목에서부터 사로잡혔다.

뭉게나무에 파고드는 동안
양 볼과 머리 사이로 깻잎들이 제각각 엉겼다.

속잎을 떼서 입가에 머금었다.

향이 남다르다.

향이

파묻힌 가지 사이에서
이 나무가 모든 손가락을 다 펼쳤는지 확인할 행정력을
행사해본다.

방울토마토 신드롬

'Isn't that a cherry?'

채팅 방에 있는 영어권 친구는 내가 보내 준 사진을 보더니 그렇게 물어봤다. 그 사진은 치커리 방에서 촬영되었다. 치커리 방에 체리를 심었을 리는 없는데 말이지. 치커리밭에는 치커리들. 곳곳에 붉은 열매가 방울져 있다.

'Eh…… that's a cherry?'
'Yeah, cherry! cherry tomato. looks tasty.'

방울토마토는 영어권 친구에 의해 치커리 방에서 최초로 발견되었다.

깻잎 방에서도 방울토마토가 발견되었다. 깻잎 위에서 무당벌레와 비슷한 크기로, 한복판을 기어가고 있는 것처럼 보였다. 아주 작았다. 먼지를 묻히듯이 검지로 쓸어보았다. 날개 없이도 날아가고 싶은 생각이 날아가는 동안 검지와 엄지 사이에서 방울토마토는 짓눌렸다. 작은 생채기가 난 것 같았다.

적근대 방에서 방울토마토는 숨어 있을 작정이었다. 잎맥까지 뻗어 나간 적근대 줄기를 생각하면 그럴 만도 했다. 적근대밭으로 한참 다가가는 동안 방울토마토는 의외로 잘 숨어들었다. 플래시를 켜자 방울토마토는 영락없이 적근대와 구별되었다. 적근대와 분명하게 분리되는 채도로. 채집해 손바닥 위에 올려놓았다.

방마다 방울토마토가 들끓었다. 방울이라는 말이 없어말이 되는 토마토가 무르익어 있었다. 굳이 자신을 방울토마토라고 우기길래 그래, 그래. 상자에 들어가 있어. 나는 방마다 방울진 방울토마토들을 열심히 쓸어 담았다.

이렇게 다 담아도 방마다 한 번씩 더 돌아다녀줘야 한다. 과즙이 묻은 초록 계열의 잎들을 떼어내기로 했다. 쌈싸 먹을 수도 없게 구린내가 나니까.

얼마간 당귀들도 피해를 봤다. 방으로 들어온 스콜 아래서 눈도 제대로 못 떴다. 한동안 물을 퍼냈다. 퍼내다 밭에 주저앉았다. 범벅된 땀이 말라갔다. 여름 내내 물에 잠겨 죽어버린 당귀는 일단 밭 구석에다 쌓아두었다. 그 틈에 찾아온 방울토마토가 침투한 것이었다.

이 방울토마토들은 대체 왜? 어떻게?

방문 손잡이를 꾹 잡았다. 내가 왜 방울토마토를 채집하고 다녀야 하는지 난감했다.

방에 있는 유리창을 쳐다보았다. 유리창에 비치는 밭. 거기서 또 생겨나지. 기어이 생겨나니. 아주 기꺼이 생겨나지. 화가 났다. 방울토마토는 농락하듯이 더 커져만 갔다.

눈을 감았다. 들숨을 내쉬었다. 옅은 안개가 광대뼈를 지나친 것 같았다.

눈을 천천히 떴을 때 아까와 크기가 별다르지 않은 방울토마토가 나를 보고 있었다. 잠잠하게. 나는 인과를 터득했다.

복도에 간이 구역을 임시로 만들었다. 그곳에 방울토마

토를 담은 상자를 내려놓았다. 상자 안에는 알알이 우글우글. 생생해. 움직이는 생물처럼. 영어권 친구가 cherry! 외치는 것처럼. 뇌 속에서 효과음이 울린다. cherry! cherry! cherry! 하나씩. 복장 터뜨리듯이. 마지막으로 커지던 방울토마토는 몸집 불리기를 멈췄다.

거대한 방울토마토를 베어 물고 밭고랑에 털썩 주저앉는다.

영어권 친구에게 메시지를 보낸다.

'huh…… It's t, t, te, isti?'

구조 조정

20XX0125

당귀만 보면 입맛을 다신단 말이지	적근대	상추는 수확과 수익 측면에서 뛰어나다	케일	겨자

팔을 최대한 뻗어봐 손이 닿을 수 있는 대로 복도가 길어진다?

대파	치커리	참나물	깻잎과 상추는 1+1이 보통 !+!	미나리	양파

유통기한과 소비기한은 대개 다르게 표기한다. 한국에는 2023년부터 소비기한이 표시된 식품이 매대를 뒤덮기 시작했다. 공급자이자 소비자인 경우에는 유통기한과 소비기한을 병행 표기하거나 둘 중 어느 것을 표기할 것인지 고민한다. 유통과 소비 사이에 보관하는 방식도 고민한다.

방으로 유통되는 종류들. 방에서 소비되는 종류들. 방에서 만들어져 밖으로 나가 유통과 소비를 겪는 종류들. 막상 밖에 나가자 소비가 저조해진 종류들. 밖에서 소비될 예정인 종류들. 방에서 생산량이 유의미하게 늘었던 종류들. 방에서 소비되지 않아 계류된 종류들.

유통과 소비 사이에서 보관을 쥐고 성실해져야 하는 내

가 바삐 걸어다닌다.

모닥불	당귀	적근대	상추	케일	겨자

복도

창고	참나물	치커리	깻잎	대파	양파

특이 사항을 적다가 불쑥불쑥 화가 나. 이곳에 오기 위해 제출해야 하는 약관이 있다면. 필수 항목에만 표시하고 싶은데 모든 항목을 아주 그냥 조목조목.

당귀. 썩은 건 창고에 말려놨다가 모닥불에 태우든지. 나머지 당귀는 먹어치우든지.
참나물. 돌나물. 내년 봄에 다시 심는 게 나을 거 같네.
적근대. 케일. 겨자. 요즘 먹고 싶은 마음 없음. 대체할 종류 검토. 주변인 중에 가져갈 의향 있는 사람 있나 물어보기.
환기 자주 시켜줄 것.
창고에 원두 찌꺼기 잘 보관하기. 당귀 태운 잔내 없애기.

모닥불 세기 조절하기. 조절할 줄 알기.

청소도 좀 꼬박꼬박 하지? 청소기로 먼지 잠깐 빨아들이고 끝? 창고가 제일 더러움.

계속 쉬어라. 불쑥불쑥 찾아온다. 할 거 되게 많다.

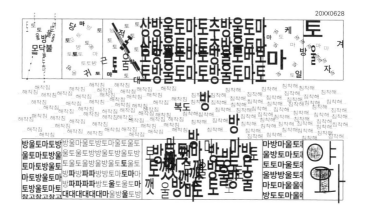

7월이 다 돼서 밀린 일지를 쓴다. 6월에는 일지를 다 쓸 수가 없었다. 소화가 자주 불량했다. 한국은 장마가 한창이고 복도에는 스콜이 내리고 있다. 폭포를 보는 여요휘의 표정과 자세로. 방울토마토에 관한 생각이 사라져간다. 방울토마토에 쏟은 감정에 젖어 있느라 내가 잠영하

고 있다는 사실을 깨달을 수 없었다. 모두 공평하게 물풀
이 되어 복도와 방을 떠다녔다. 꼿꼿이 입자와 입장을 씻
은 채 발목까지만 잠겼던 나의 이성이 발목을 잡아준다.
나는 구조되었고 나는 조정된다. 감정 밖에 있는 부표를
간신히 잡을 수 있었다. 마저 게워냈다. 널려 있는 방울토
마토를 하나씩 쓸어 담는다.

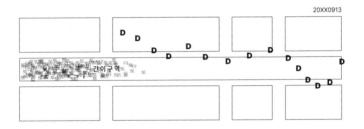

이곳에도 간격이란 게 생겼다.

드론이 여럿이서 정찰한다.

감당하기 힘든 방울토마토부터 내보냈다. 발사믹드레
싱을 뿌려 먹다 먹다가 물려서 무르지 않은 상태의 것은
주변에 나눠 주었다.

아직은 다시 방에 무엇을 들일지 생각할 날씨가 아니다.

20XX1117

나에게 필요한 가뭄이었어.

20XX1227

모닥불				

창고				

모닥불이 스스로 피어났다.

공원에 가면 눈발이 날렸다. 군락을 이룬 상록수들이
가져다 써도 되는 횃불처럼 솟아 있었다.

창고부터 푯말을 다시 붙였다.

들판이 생각보다 따뜻해서 낮에 앉아 있었다.

복도를 마음껏 개방한다.

봄에는 내가 좋아하는 작물이 많다. 무언가 들일 기운이 난다. 아직 들이지 않은 것들도 작게 표기해놓는다.

취나물은 데칠 것이고, 냉이는 국으로 끓일 것이다. 달래로 만드는 양념장 비율 맞추는 방법. 마른 김을 굽는 방법. 엄마에게 물어볼 생각이다.

입맛이 도는 것 같다.

3부

솎아내기

뭉텅이들을 던져버린 자락에는
잡초가 산더미다.

산도 너희들로 평생 채식하는 거 지겹지 않겠니.

파편으로 잘린 목소리들이 우글거리고 있다.

산불 난 것처럼 내려가는데 뒷머리로 산더미가 느껴졌다.

볼라드*

개와 산책하러 나간다.

대개 도보가 곡선을 부릴수록 볼라드가 설치되는 경향
을 보인다.
세 개 내지는 여섯 개까지.

공원 입구의 곡선을 도와주는 볼라드에게 개가 다가간다.

볼라드의 전신에는 볼라드를 사용했던 내역이 묻어 있다.
밟았거나 올라섰거나 움켜쥐고 할퀴고 뜯어버리고

개는 볼라드가 꽂힌 경계를 맡아본다.

다른 곳으로 가겠다는 건 문제없다는 건가? 잘 모르겠
다는 건가?

볼라드는 자신 주변에 마모된 쪽으로 눕는 경향을 보인다.
피사의사탑 내지는 마이클 잭슨.

마모로 생긴 틈에서 자란 잡초가 다 말랐다.

비가 오니까 신나게 불어나 여물 더미처럼 불거져

볼라드를 관리하는 부서에 지금 전화해볼 순 없지. 늦었지.

근데 그 부서가 전화받는다 해봐, 뭘 얘기할 건데?

볼라드를? 아이들을? 보도블록을? 건초를?

동네 사거리로 먼저 가 있는 개와 연결된 줄을 둘둘둘둘 말면서 동네 사거리로 나가면서

그 부서가 전화받으면 말할 거 더 있지. 넘치지.

볼라드가 없던 도보로 기어이 침범했던 차? 볼라드를 꽂고 나서도 기어이 도보로 돌진하던 차? 근데 도보 안쪽에서 동네에 막 도입된 전동 킥보드가 쏜살같이 달려갔다?

나는 둘둘둘둘 끌려간다.

개와 함께 보도를 횡단하기 직전이다.

정작 있어야 할 볼라드가 여기 없다.
보도블록으로 구멍을 덮어두고 산책이라도 하러 갔나?

의문과 산책을 이어간다.

안개보다 붉어진 물음표들을 걷어내니
저쪽에서 서서히 달려가는, 아니

달려오는?

볼라드?
들?

개는 이 상황에도 극도로 침착해지는 경향을 보인다.

기어이 나에게 돌진하려는 광경이 물음표를 박살 내며
질문들이 양산되지. 날 가로막겠다는데 삽시간이지.

근데 볼라드가 코앞까지 다가오면 뭐라고 해?

도서관 앞에 있다 왔는지 물어봐? 아니면 차 없는 거리에 굴러다니다 왔는지? 아니면 누구 억장에 꽂혀 있다가 왔는지? 아니면 이 광경을 촉발하게 한 총성으로부터 도망쳐 왔는지?

* bollard. 차량 진입 방지용 말뚝.

붙여놓기

9999번 버스를 타고 있었다. 내릴 문과 가까운 좌석을 확보한 뒤로, 나는 서사 창작 수업의 지침에 따라 이것을 짜증이 아니라 무슨 감정으로 여겨야 하는 건지 적당한 말로 출력해내려던 참이었다. 버스 안으로 o가 출력되어 교통카드를 인식했다. o는 손으로 테이크아웃 컵 입구를 가리고선 타는 동안에 마시지 않겠다고 버스 기사와 약속했다. 스테인리스 텀블러라도 하나 사든가; 나는 가방에서 포스트잇을 꺼내 o에게 한 장 붙였다. 몇 사람이 o를 쳐다봤다. q가 내리는 뒤로 q의 행색을 입력한 o가 뒤따라 내렸다. 이번 정류장이라면 나도 버스 바깥으로 출력되어야 했다. 9나 99, R이 입력된 버스가 떠난 뒤로 거리에 입력된 내게 한가득 더위가 입력되고 있었다. 이 더위가 성가시다는 건지 어떻다는 건지 적당한 말로 출력될 참이었다. 내게는 이미 포스트잇이 몇 붙어 있었다. 내가 꺼내 내게 붙인 포스트잇이 다분했다. 포스트잇을 붙이게 된 경위나 논리 구조를 다 흐늘거리게 만드는 최고기온. 내가 지금 인지할 수 있는 건 포스트잇이 송골송골 정수리에 맺힌 b, 뒤통수에 맺힌 E, 턱에 맺힌 p. 그러다 길바닥에 포스트잇이 흩어졌다. 공중에도 포스트잇이 듬성듬성 입력되었다. 길바닥에는 포스트잇이 다분했다. 바람이 입력되기 전 포스트잇은 얼굴과 팔뚝에서 흐르는 유분을 닦아냈다. 유분이 다분했다. h와 k도 길거리에 유분을 쏟아냈다. 어느새 나는 짜증을 다 출력해낸 뒤로 다른 감정을 출력하려 들었다. 포스트잇이 있는 가방을 탈탈 털어 길거리에 입력하였다. 길바닥은 도대체 지금 자기 피부에 묻은 게 포스트잇인지 유분인지 모르는 상태에서 일단 출렁거렸다. 은행잎을 쓸어본 미화원이 포스트잇을 쓸기 시작했다.

미셸 공드리와 양배추 곱씹다가
양배추 곱씹어보기

그러니까 대파라면에 넣을 대파를 길고 얇게 세로로 잘라내고 있었는데 대파 손질을 끝내면 겨자 방과 케일 방을 합칠까 그런 생각을 했던 거지 쑥갓이랑 당귀 향 번갈아 맡다가 서로 이웃으로 놔둘까 하는 생각도 했던 거지 들러붙을 방들끼리 붙여놓고 남는 빈구석에는 토란이나 머위같이 품이 큰 잎들을 들여올까 했던 거지 그러다 알배추나 양배추같이 속이 큰 양배추 느리게 나풀거리는 양배춧잎들 하늘하늘 양배춧잎을……

이 거대한 통에 나의 행적을 쏟아부을 거야

나무 주걱으로 젓고 있을 공드리 손 위에 손을 포개 함께 저으면서 얘기하는 거지 양배추가 필요해서 그만 다른 방들을 삶아서 다 먹어버렸다고 그 자리에 삶아본 적도 없는 양배추 방이 아직 방의 삶을 살아본 적도 없었다고 양배추 방은 그저 생식으로 먹어도 아삭거릴 양배춧잎처럼 양배추 방으로 나풀거리고 있었다고 그럼 그 방을 젖히면 양배추가 그득그득 들어가 있겠네 양배추쌈을 먹으면 속에 그득그득 양배추가 그득그득 차면 속이 얼마나

든든할까 양배추를 속으로 들여와야겠어 그보다 양배추
가 그득그득 들어찬 양배추 방에 앉아 있는 모습을 크로
마키 스크린에 입혀봐야겠어*

   그럼 나는 지금 젓던 손을 때려치우고 양배추 방에 가
는 거야 가서 양배추 방에 오고 싶었던 열망으로 순식간
에 양배추 방에 그득그득 찬 양배추들이 다 삶아진 광경
인 거야 이런 열망으론 햇반도 다 삶아졌겠어 양배추 방
한복판에서 손 위에 양배춧잎 위에 밥 위에 쌈장 위에 나
의 열망을 그득그득 올려서 꼭꼭 씹어 먹을 거니까

   다 씹힌 공상을 끓이던 버너
   다 쓴 가스를 두고 잔열로 데워서
   주걱을 쥐고 졸던 공드리를 깨워
   트림이 나올 때까지 위에서 내려보내는 거야
   내가 너무 많이 먹어치운 양배추 공상과
   공드리와 나눠 폭식했던 나의 재잘거림을

   * 영화 「수면의 과학」(2006).

여기까지 늘어선 보리수나무에 대해

쪽문을 열자 보리수나무가 내 정수리 언저리까지 늘어섰다. 이렇게까지 길게 찾아와준 정성도 알아차리지 못했는데. 얕은 바람이 가지와 잎 들 사이로 하늘과 함께 빛보다 생생하게 쏟아지고 있었다. 쪽문을 부여잡고 한참을 서 있었다. 혹시 쪽문을 가진 이 거대한 건물이 너희들의 성장을 방해하고 있었니? 그새 쪽문과 문틀 사이로 가지들이 건물 안으로 들어가려는 기척이 느껴졌다. 시야를 방해하는 가지들을 이마에서 머리 뒤로 쓸어 넘겼다. 완전히 닫힌 쪽문을 뒤로하고 골목으로 나와 보니 유리창을 걷어낸 하늘이 이어지고 있었다. 건물은 내 성장도 방해할 작정이었다. 조만간 건물을 그만둘 거란 얘기를 하러 막역한 친구에게 돌진하는 발걸음에 숨이 찼다. 얼음이 다 녹아가는 잔을 두고 건물에서 있었던 얘기를 하는 동안 나는 독백을 열창 완창한 배우처럼 굴었다. 다 질렀어? 친구의 동공은 붉게 영글었다. 내일과 미래 사이로 친구는 덩굴보다 다닥다닥 도망갔다. 수 갈래 파편으로 퍼지던 신호등의 붉은 낯빛. 날이 갈수록 열매의 볼에 불거진 새빨간 낯빛. 그런 건 별로 상관없다던 나는 차도 옆 자전거도로 위를 꼭꼭 걸어갔다. 보리수나무가 건물을 빠져나와 나를 따라오는 것만 같았다. 횡단보도를 건너 이동하는 밤길보다 밤길에서 마주칠지도 모르는 사람보다 집요하게 따라오는 보리수나무 생각은 거대하게 자라났다. 다음 달까지 따라올 것 같았다. 다음 달에도 건물을 그만두겠단 말을 그만두지 못했다. 건물도 그만두지 못하고 있었다. 친구 생각도 완전히 그만두지는 않았다. 쪽문 앞 보리수나무도 열매를 그만두지 못한 것 같았다. 건물에서 같이 지내는 사람들과 쪽문을 열었다. 지독하게 늘어지던 열매의 꼭지를 바라보았다. 생생한 가을 독백을 열창 완창한 열매가 신발 코에 떨어졌다. 발목을 감싸려는 보리수 나뭇잎을 걷어내고 땅바닥에 떨어진 보리수 열매 몇 개를 움켜쥐었다. 다 끝났어? 손에서 새어 나온 목소리는 내 앞에서 열창하기 시작했다. 나는 친구의 동공을 헤아리게 되었다. 보리수나무가 겨울 언저리까지 늘어섰다.

상추삼림

도움밭 옆밭에는 상추가 성실하게 자라고 있었다
상추가 옆밭의 얼굴이자 전략이었는지
처음부터 상추만을 위해 구획된 밭이었는지
옆밭은 철저하게 상추에만 집중한다
절반으로 정확하게 나누어 이쪽 저쪽에 청상추 적상추
지나가는 사람들마다 이 사람은 뭔 상추 장사라도 하나
푸지게도 심어놨다고
반색인지 난색인지 모르겠는 반응들만 늘어놓았다
씨보다 생장할 확률이 높은 모종으로만 심은 것도 그렇고
잡초나 벌레가 틈입할 새를 거의 내주지 않은 것도 그
렇고
물뿌리개도 없이 알아서 비가 내려주겠거니 날씨에 의
존할 줄도 아는
알고 보니 재야의 작물 재배 고수?
한 수 좀 배우고 싶은데……
최소한의 행동으로 최대의 효과를 누리겠다는 이 사람
대단한 사람이다
옆밭 옆에서 바라보면서
두 밭 사이에 상추들에 관한 추측만 상추만큼 넘치게

길러본 것은

　옆밭을 기르는 이 사람을 한 번도 마주치지 못했기 때문이다

　여기 오는 동안 한 번은 마주칠 법도 한데

　간만에 정신 차려 아침에 부랴부랴 와도 마주치지 못했고

　드물게 시간이 났던 한낮에 와도 마주치지 못했다

　선선하던 휴일 저녁에는 보겠지 싶었는데도 못 마주쳤다

　도움밭과 옆밭을 동시에 보는 평상에 앉아서

　입으로 다 만든 소쿠리에 도움밭과 옆밭에서 따 온 상추를 모조리

　쌈 싸 먹든 겉절일 해 먹든 입으로는 몇 첩 반상도 다 차려놓고

　평상에 누워서 낮잠 자보겠다고 양을 세는 대신 상추를 하나하나 세며

　결국에 잠들었다 일어났는데도 나는 이 사람을 만나지 못했다

　다음 주에 와봐도 상추는 꼿꼿하고

　이 사람은 분명히 이 세상에 없는 사람이 아니다

　상추를 남모르게 관리하는 솜씨가 대단한 사람이다 이 사람

창고몽

그날 저녁에는 창고에 들어가야 했다. 그간 거기에 있었던 일들을 구구절절 들여다보려니 따로 시간을 내야 했다. 창고에 오지 않는 내내 용종 같은 게 따개비처럼 덜거덕거리는 게 뭐라고 자꾸 예민하게 만들어가지고. 창고로 걸어가는 동안 목덜미에 묻은 시금치스튜 냄새*는 왔던 길을 되돌아가 스튜를 젓던 몇 분 전 나의 모습을 다시 보고 온다. 창고 안보다 스튜 냄비 속을 궁금해하며 창고를 열어본다.

가구들과 물건, 먼지와 일말의 감정들을 섞어 넣고 줄이다 눅눅한 내벽부터 닦는다. 시금치만큼이나 뽑아야 했던 물티슈. 문밖으로 갖고 나가 대척점에 놓인 창고의 두 꼭짓점을 잡고 압축한다. 손쉽게 외벽을 닦고 나서 원래 위치에 원래 크기로 확장해놓는다. 이제야 창고 벽에도 달아보는 블라인드. 환기. 볕. 스튜를 확인하러 나갔다 오는 동안 밴 시금치 내. 저항하기. 환기. 오래전 수분을 먹고 눌어붙은 먼지를 물티슈로 닦아내기. 종량제 봉투에 때가 탄 물티슈들. 압축된 가구들. 네컷사진들. 서류들. 서류들 옆에서 형식을 만들고 내용을 복기하느라 애쓴 기억들. 고요한 불에 태우다 만 것들. 이것들을 다 넣는다고 방

대해진 종량제 봉투. 납작하게 만들 수 있어. 씹던 껌처럼 엄지 검지 사이에서 뭉치면 끈적거리는 종량제 봉투 엄지 검지 놀리며 나가보면?

다른 방과 복도가 죄다 압축되어 티끌이다. 모형 같다. 가상 같다. 설치미술가가 이제 막 대관 절차를 완료해놓은 모서리 없는 백지다. 창고만은 내가 알던 그대로다. 오늘 이 창고를 책임지기 위해 간밤 꿈자리를 대관해놓고 꾸역꾸역 창고나 치우게 된 것이었다.

문 앞에서 생각들을 지껄이는 것을 멈추자 순간적으로 엄숙하다. 내가 내 안에서 냈던 소리와 내 안에서 내가 내지 않았던 소리를 구분한다. 무언가 공동 행위라도 하려나. 창고 안으로 다시 들어갔을 때, 귀 뒤에 붙여놨던 종량제 봉투를 찢고 압축된 불만을 터뜨린 일부 가구들이나. 서류들이나. 서류보다 음량을 높이는 기억들이나. 의무교육을 받은 적은 없지만 같이 살다 보니 자연히 입에 붙은 외국어를 자국어처럼 구사하는 광경.

그들이 나에게 요구한 것은, 이 창고를 나가서, 너의 방에서 깨어났을 때, 너의 방들이 있는 곳으로 가, 창고에 다다랐을 때 발견할 자신들을 책임지고 정리할 것인지. 얘기해봐. 대답한 적 있었잖아. 안 하고는 못 배길 거잖아.

책임감과 신경증, 자명함을 졸여 만든 나의 빈혈만을 데리고 탈출해 창고에 불 지른다.

아침에는 정말로 끓여놨던 시금치스튜를 먹어야만 했다.

귀 뒤에 따개비처럼 달린 공기 방울이 터지고 있다.

물티슈로 벅벅 닦는다.

* 최인호, 「타인의 방」, 『문학과지성』, 1971년 봄호.

1인실 건식 사우나

나도 편백을 가져다 쓴다

자르고 다듬었다

편백 한 조각 위에 앉아 무릎을 쭉 편다

편백 벽에 발바닥이 간신히 닿지 않는다

직각을 포기한 발목으로 발끝 정도는 편백 벽에 닿는다

편백은 나를 품는다

얼마나 있을 수 있을까

왜 늘 못 견딜까

왜 못 견뎌 할까

온탕에 단 몇 분도 있기 힘들어서 분리되기 힘들었던
나와 나의 노폐

세신할 것이다

쇄신할 것이다

편백은 나를 품는다

진짜 왜 못 견뎌 할까

못 견뎌

할까?

못 견뎌

하지 마

나의 노폐 배출된다

밖으로 끼쳤던 폐를 떠올려본다

나는 가끔 맑은 날 순식간에 장마를 만든 적도 있다

사람들은 알아서 잘 피했다

사람들은 방수가 잘되었다

나와 편백은 수용한다

편백은 나보다 수용성이 좋다

편백은 나의 모든 말을 들었다

편백 안으로 내가 내뱉고 저질렀던 모든 말이 떠돌아다
녔다

생각이 말로 배출된다

말이 문장으로도 배출될 수 있다

편백의 표정을 보고서 내뱉는 나의 낡고 늙은 탄식

견디지 마

항균에 참여한다

살균이 이루어진다

내게서 낡음이 배출될 것이다

내게서 늙음이 배출될 것이다

내게서 젊음이 배출될 것이다

내게서 시간이 배출되고 있다
모래시계는 사라졌다
편백은 내게서 새롭게 배출된 표정을 처음으로 본다

참숯효능조명

우리는 왜 독서실에 모였나요?

교복은 우리를 간신히 봉합해놓고선. 칸막이는 체형이
라는 걸 고려하지도 않고선. 사감 선생님은 CCTV로 우
리의 만행을 학습하시나요? 조교 선생님이 돌아다니는데
폰 보고 슬렁슬렁 걸길래

화장실에 간다 해놓고

아 진짜 갔다 오는 거예요. 빨리 가야 해요.

위층에 올라갔더니 기숙사 호실이야 당연하게 있죠. 4인
실에 있는 침대 위로 적중해야죠. 이미 출제되었던 영역
입니다. 1학년 3월부터 강점을 보인 과목이었습니다. 활
동하던 동아리였습니다. 누워본 애들 수두룩할걸요? 그런
내용으로 엎드려 꿈으로 자습하던 애들도 있을걸요? 사감
선생님은 조이스틱으로 모니터에 있는 CCTV 칸들을 넘
나드나요?

안내 방송으로 차임벨 대신 어떤 애 이름이 흘러나왔습니다. 솔직히 이런 안내 방송이나 나오는 학풍을 기대하지는 않았어요. 이런 면학 분위기에도 공부하는 대단한 애들 있겠죠. 폰 보다가 벽에 부딪힌 조교나. 킬킬대는 애들이나. 사감 선생님은 오지 않았고. 우리의 목소리를 듣지 않았습니다.

엎드려 퍼질러 자던 나를 조금 깨워보는 건 목덜미에 내리쬔 참숯효능조명의 얕은 열기입니다. 조명 아래서 좀 깊숙한 졸음을 졸고 있었습니다. 여기서 참숯효능조명이 궁금하다고 고개를 돌렸다간 참숯효능조명이 두 동공에다 하얗게 마킹할지도 모를 테니. 컴싸로 OMR보다 내 인생에 먼저 마킹해버릴지도 모르니. 목덜미를 빼냅니다. 호기심보다 정확한 근거에 의해 결정한 선지입니다. 책상 위를 고요하게 내리쬐는 참숯효능조명을 봅니다.

책상 아래 무릎 위에서 참숯효능조명을 검색해봤습니다. 숯에는 역청탄과 백탄. 참숯은 백탄. 섭씨 1,300도를 견딘다. 정도의 요점 정리. 옆자리에서 집중 공략 1,300제를 다 풀겠단 성실한 친구는 무언가를 견디질 않습니다.

칸막이마다 꽂혀 있는 참숯들. 부착된 라벨에는 원산지가 있습니다. 내 좌석은 영월에서 길어 온 빛인가요? 성실한 친구는 횡성의 빛을 받으며 공부합니다. 앞 친구는 진천에서 전학 온 빛 앞에 앉았다 말합니다. 다음 중 참숯이 살아봤던 곳으로 적절한 것은? 적절하지 않을 건 또 뭐야. 이 지역들 한국지리 쌤이 외우라고 했었는데. 영월과 횡성과 진천. 제가 직접 봐야 이해가 되고 잘 외워지는 스타일이어서요. 거기에 다녀와야 할 것 같아요. 진짜로요. 좀 급해요.

폰 불빛이 꺼지고
조교 선생님이 참숯효능조명을 꺼줍니다.

독서실에 있는 모든 조명이 다 꺼졌습니다. 복도에 켜진 흰 불빛이 귀에 다 들립니다. 누군가 볼에 피크닉 종이팩을 대고 갔습니다.

점호 전까지만 일어나면 됩니다.

소백산 자락에서 온 저 나무* **

　산림 관찰 전용 드론이 소백산 상공을 촬영하고 있었습니다. 초음파검사를 하듯이. 스캐너 내부에서 바삐 오가듯이. 드론은 소백산 구조를 자신의 시야에 담아냈습니다. 이동 방식은 고고했는데요. 프로그램은 오차 범위를 줄여가며 드론이 쳐다봤던 소백산의 계절을 죄다 분석해내고 말았습니다. 축적된 데이터는 점점 노련해졌습니다. 이제 분석실에서는 그들 중 고사목(枯死木)과 죽음을 겨우 고사한 고목을 구분해내고 말겠지요?

　분석실은 주목(朱木) 군락 일대를 주목했습니다. 하필 드론은 청초한 6월에 띄워졌습니다. 바람의 몸짓이 잘 반영된 초록들. 줄기로도 모자라 주황빛이 온몸에 퍼진 주목들을 가을까지 지켜볼 여유는 없을 것 같았습니다. 고사목으로 분류될 주목 열세 그루가 모여 있는 모습은 일종의 항의를 하는 것처럼 보였습니다.

　주목들을 유지 또는 제거 판단으로 변환해내는 프로그램에 주목들의 주황을 주입한 뒤에 사람의 목소리를 확장자로 설정해볼까요?

목소리가 교차로 출력됩니다.

그래도 천 년은
천 년은

여기 있을 줄 알았 데

내 앞 서 구 축된 문명
팔자주름 1@#%$ㅕ%ㅑ%^%$#@번
그어 보 싶었는 데
살 아 서 어 천 년

죽 어서 천 녀 ㄴ이라더 니

우리이죽음은
이번생우리의몸으퍼지고말았구

우 나리의생화 ㄹ은

우리의죽음을

죽이　　　못했구죽엽어출력중에목소리새새ㅐㅐ어나가가
가ㅏ게핫지마세세ㅔ나ㅏㅏ

　　　　　　　　산
　　　　　　소그로 추라　　는카 잔 해들아

　　　　잔　람바같　　은 파들여아

같은 결같은결말을 나가진눠　　들아철

　　출력을 시도한 제 혀에도 목 너머로도 구내염이 심해져서
따가웠습니다. 이제 막 인화된 상공 사진에는 천 년이 팽창
하고 있었습니다. 이 일화들이 제 삶이 아님을 자각하고 나
서야 후유증은 차츰 사라져갈 뿐이었습니다. 주목들은 새로
운 거처로 옮겨지고 말았습니다. 고사목의 목소리까진 출력
할 리 없는 스캐너는 주목이 있어도 괜찮겠다 싶은 지점을
위성사진으로 출력하여 관계자들에게 전달하였습니다.

주목이 옮겨진 곳에는 백로가 서식하고 있었습니다. 공사가 다 끝나자마자 가지마다 백로들이 풍성해졌습니다. 주목은 겨울 산을 겨우 기억하여 백로들의 도움을 받아 소소하게 하얘졌습니다. 뼈만 남은 것처럼 말입니다. 국도를 타고 지나가던 차 안 사람들은 국도 옆에서 하얀 띠처럼 늘어진 백로들을 보면서 신기해하거나 소름이 끼친다 합니다. 국도 위에서는, 근래 주목 기둥 곁에서 잠든 백로들을 발견할 수 없는데 말입니다.

* 영화 「아가씨」(2016)의 삽입곡 「후지산 아래서 온 저 나무」 변용.
** 고은경, 「소백산 주목군락에 드론 띄워보니… 생목·고사목 구별 손바닥 보듯」, 『한국일보』 2018년 8월 31일 자.

인도어팜 방문기

Video | 7호선 상도역에는 농장이 있다? 메트로팜 스마트팜 실내농장 수직농장 KOR ENG sub

[음악]

10초 ▶▶

[cc]	[202×년 기준 상도역, 답십리역, 충정로역, 을지로3가역, 천왕역 총 5개 역사 운영 중]
0:10	여기 cc 줄 바꿈 좀 어떻게 안 되나

빈 부지 활용하는 방법! 지하철 역사에 구축된 '인도어팜'

[음성] [이제 서울교통공사와의 논의를 통해 상도역에 있는 유휴 공간을 활용하자는 방안을 내놨었죠.]

[음성] [이곳에서 직접 기른 엽채류로 샐러드 제품을 판

매하는 자판기도 있다는데……!]

   0:17   애기들 넘귀임ㅋㅋㅋ

          └ 모자이크 안 해도 됨?

[Insert]   [꽉꽉 눌러 포장한 모닝라이스볼]

[Insert]   [볼에 리필되는 엽채류]

0:26   모르는 애들 위해서 설명 ㅇㅇ

        엽채류: 상추, 치커리, 케일, 청경채 요런 애들

        허브류: 허브, 바질, 루콜라 주로 유럽 애들임

        └ 고마워요!

[Insert]   [엽채류를 다 먹자 리필되는 허브류]

20초 ▶▶

10초 ▶▶

150초 ▶▶

흐린 기본 화면 앞

…… | 날씨 | 건강 | **Safari** | **Gmail** | 카카오톡 | **YouTube**

Safari 내 42개의 탭

…… | **경채류 : 통합검색 | 라이스볼 1P : 쇼핑 | 채소 원산지 여행 : 사전**

탭

Feature | 수직농장 박람회, 청년들에게 귀농 의지 불어넣을 창구 될까……

……

i "제가 귀농을 할지는 잘 모르겠어요. 금방 밭에 가는데, 밭에 간다는 게 어디로 돌아가거나, 올라가거나, 내려가거나 하는 게 아니에요. 이건 실시간으로 앞으로 걸어가는 현장이에요. 지금도 제게 스트리밍되고 있어요. 그저 참고 자료가, 참고 작물이, 참고 인간이, 참고 공간이,

참고 농장이 필요해서 와봤어요. 글쎄요. 제가 어떤 거창한 포부를 떠맡지는 않았는데요. 글쎄요. 박람회에 왔다고 제가 지역사회를 살리기에는 제 속에도, 제 손에도, 제 방에도 의지는 너무 많이 심어져 있어요. 그것을 잘 기르면 지역사회를 돌아볼 여유가 조금 나려나요? 오늘 여기에서 상담하는데 저를 털어놓을까, 제 손에 자꾸 묻는 흙을 털어드릴까 하는 생각이 들더라고요. 흙내를 맡게 하면 저 조금 더 솔직해질!**오려두기|선택 영역 찾기|복사하기|붙여넣기|번역|웹 검색**

복도 관람

진입하기에 앞서 po-o와 o-oq 중 선택한다. 왼손으로 집어 든 po-o, 주로 오른손을 쓴다면 o-oq가 좋다. 렌즈 사이 간격은 눈 모양에 맞춰 수시로 조절할 수 있다.

복도는 여러분에게 조금 긴장한 모양입니다. 오늘 여러분이 오기 전까지 각진 심호흡으로 매무새를 다듬었습니다. 긴장감과 궁금함 사이를 조절하던 입구에는 병목현상이 일어났습니다. po-o나 o-oq로 내부를 먼저 엿보는 겁니다…… 견뎌 들어오니 어떠세요. 가슴팍이 트이셨나요?
복도는 여러분과 거리를 두고 있습니다. 복도는 대체로 민무늬로 모습을 드러냅니다. 여러분이 그렇게 와다다 뛰어 들어오면, 벽은 천장과 함께 구석으로 도망갈 생각으로, 벽은 덩이로, 아니 방에 널브러진 겹으로, 그보다 방의 심기를 불편하게 하는 한 톨로,

po-o와 o-oq의 렌즈 부분끼리 접합한 짐벌gimbal을 잡고 밀고 나간다.

pO-Oq

광장을 흉내 내는 복도는 공중이 끝날 때까지만 복도의
몸속에게 부탁해놓았다. 인기척에 예민한 작물들이 방들
에게, 방들은 벽을 흉내 낼 민무늬에게, 민무늬는 자신을
입고 있을 복도에게 서로서로 얘기해두었다.

복도의 시야 안으로
pO-Oq에 맛 들린 사람이 쏘다닌다.

천장이 윗걸음질을 하는 동안
광장이 끝날 줄을 모른다.

갈라파고스 신드롬

편의점 출입문에 붙어 있는 구인 공고.

편의점 야외석에 앉을 사람들 구하는 구인 공고 붙이는 상상.

편의점으로부터 20미터에 다니던 중학교에서 출발하면 두 시간쯤이면 집에 도착할 수 있을 것이다.
허비한다고 생각해본 적 있었다. 비정기적으로.

나무를 두툼하게 깎아 만든 야외 좌석. 몰려다니던 대여섯.
편의점 부근을 자주 돌아다니던 경찰차. 접수된 민원 신고 건.
우리가 신고당한 건 아니었으나 진짜 미쳐가지고 경찰관의 눈동자에 cheers거린 거 누구였지?

잡음을 줄이려 소음을 줄이며 진지한 소재의 이야기로 휙.
잡음이 커질 거 같으면 화제를 휙휙 빈 병들을 들고 휙

획 일어나
　편의점을 들락날락 즉각즉각.

　분리수거함에 침전되고 퇴적되는 병들.

　퇴고하다 퇴보하다 퇴적된 고민들을 밟으며 야외석에
서 홀로 일어난 모습이 발생하였다.

　나란히 특성화고등학교 벽돌빌라앞공원 밀떡볶이전문
분식점 이웃아파트피트니스센터 한낮

　표백된 거리.

　몇 년 전 여기에서 생긴 것으로 추정된 나의 생물적 습
성을 얼마 전부터 믿기 시작했다.

　그동안 GS25는 폰트와 색 조합을 전면 탈바꿈한 디자
인으로 간판을 배치하기 시작했고
　보광훼미리마트는 株式会社ファミリーマート와의 계약

해지 후 CU를 만들었다.

세븐일레븐이 큰 차이를 보이지 않는 동안 MINISTOP은 한국 내 점포를 줄여갔다.

대여섯 중에

너에게 있었던 콤플렉스. 스펙을 차곡차곡. 보란 듯이 또래보다 이른 시기에 쌓기 시작한 고정 수입.

독립을 시작한 너의 명세서에, 대리 납부된 월세에는 옅은 미소가, 여타 마련해낸 생활비에는 서늘한 땀이 납부됨.

그리고…… 널 파괴적으로 갉아먹은 너의 이야기.

그리고 이곳으로 점점 정기적으로 찾아오는 나의 습성.

고정 지출로 자리잡기 시작하는 두 시간 분량 대중교통비.

이제는 이곳에 납부할 만큼 납부하지 않았어?

치열 고른 웃음이 미납됨.

이 편의점이 놓인 자리에선 세븐일레븐 입점에 관해 논의된 적 없음.

GS25나 CU 정도 세워진 전적 있음.

대여섯이 대여섯의 갈래로 갈라지기.

야외석은 나이테가 다 지워졌는데도 야외석으로 남아 있다.

얼마간 흘려보내보기

여기서부터 당신이 살던 행정구역이 낯설어집니다 안녕히 가십시오 또박또박 읽어보다가

뒤를 돌아보자 기다렸다는 듯이 표지판이 눈앞에서 멀어질 때

두툼한 보조 배터리를 한 손으로 말아 쥔다

질렸던 겁이 방전되는 동안

충전되는 모험

시야 안에서 발 빠른 가로수들

옆 볼로 유리창을 짓누르는 동안

눈 뜬 채로 얼마간 풍경을 무시한다

모르는 나를 태운 버스도 잘 가는 거 같고

처음 보는 나를 맞닥뜨린 터널도 꾸역꾸역 받아들이기
는 하고

터널을 빠져나와도 살던 곳이 보이기는 한다

오후와 함께 방전될 것이다

4부

나의 나의 라임 라임

한국 가정 소속 현준은 잰말놀이를 한다

*Meu Pé de Laranja Lima*가 『나의 라임오렌지나무』로 읽힐 즈음

현준은 간장 공장 공장장과 된장 공장 공장장을 구분하는 데 도가 텄지만

'나의 라임'을 읽을 때면 혀가 자주 꼬였다

현준의 입안에서 놀던 라임은 나의 라임 나의 나임 나의 나의…… 점점 얇아졌다

현준이 집어 든 다른 소설은 남아메리카 부근에서 한참 노를 젓던 노인에게 나긋한 눈길이 가게 만든다

쿠바 가정 소속 산티아고는 무알코올 모히토를 만들게 되었다

라임의 두께를 어림한다

학교에서는 스페인어를 배웠다

오늘은 'Laranja'를 스페인식으로 라란하라고 부를지 포르투갈식으로 라란자라고 부를지

일단 'Lima'는 스페인 포르투갈 모두에서 같은 발음으로 부르기로 합의된 상태였다

산티아고는 어림과 고민을 끝낸 라임의 두께를 일정하게 잘 썰어보고 싶다

현준은 나의 나의 오렌지나무로 부른다
산티아고는 Meu Pé de Lima Lima로 부른다

현준은 노인의 발이 닿은 육지가 궁금해졌다
해지된 적금 통장을 보며 침을 삼켰지만
현준은 식도로 제주도산 감귤주스를 자주 넘겼고
기도에서는 오렌지나무를 10년 동안 키워왔다
입만 열면 오렌지나무에 대한 애정을 줄줄이 내뱉을 기세였다
오렌지를 싫어하는 사람들은 현준에게 그만 좀 나불대라고 쏘아붙였다
오렌지는 그럴 때마다 기도 안에서 다 다른 두께로 썰렸다
동시에 오렌지에 호의적인 사람들에게 부러움을 살 때면 조각들의 껍질은 두꺼워졌다
기도에는 오렌지가 차곡차곡 절여져 있다

산티아고는 알코올로 절여져 바에서 나온다

바에만 들르면 산티아고 특유의 주사

Lima Lima Lima…… 가득 썰어 주세요 제가 Lima 진짜 잘 썰거든요 두께 봐드릴까요?

바텐더는 산티아고가 L만 내뱉어도 뭉텅뭉텅 라임을 썰어댔다

바텐더에게 Lima는 떫었다

Lima는 칵테일을 덮는다

Lima는 산티아고를 압도할 수 있지만 산티아고의 주사까진 압도하진 못한다

현준은 출국 직전까지 카페에서 오렌지청 라임청을 만든다

설탕을 가득 붓고 절이던 현준의 손에서 오렌지 라임 섞인 향이 난다

현준이 12월 마지막 주에 출발하는 비행경로:

나의나의나의나의나의나의나의나의나의나의나의오렌지나무

산티아고가 집으로 가는 걸음걸이:

Meu Pé de Lima Lima Lima Lima Lima Lima Lima

이제 쿠바 여정 소속 현준

아바나 칵테일 바에서 모히토 사 들고 나온다

참 많은 사람이 둑 위에 있었다

책상다리 쭉 편 다리 다양하게 올렸다

준비해왔던 회화 구절은 노을 앞에서 써먹을 수 없었다

현준의 혀는 아무 생각이 없다

잔에 가라앉는

라임 조각

한국 생각

혀의 감각

민트를 짓이기며

바다를 바라보는데

기분에 휩쓸리고

기도 안에 새로 자란 여섯번째 오렌지나무에게 새 공기
를 쐬어주며, 이게 쿠바의 기분이야

현준은 현준이 앉아 있는 쪽으로 다가오는 그들을 들으며 잰말로 굴려

저들은 쿠바인일까 외국인일까 스페인어를 쓸까 내 영어를 알아듣긴 할까 그러다 바가지라도 씌우면 어떡하지

잔에 부글거린 공기 방울은 그런 생각들을 뒤로하고 먼저 터져버렸다

현준에게 미안하지만 그들은 일단 현준에게 관심이 없다

그들은 같이 걷던 산티아고에게, 또 산티아고식 모히토를 주문했다고?

Lima Lima 놀려댄다

그런 목소리는 현준이 오렌지나무를 떠들던 소리만큼 크다

오렌지나무?

Lima?

나를 쳐다본 현준에게 어떤 작용이 일어나는 것 같다

공기가 자신의 손을 집어넣어 기도 벽을 타고 내려간다
바람을 맞던 수많은 잎
잎들 뒤로 숨은 오렌지 조각들
조각들에게 작은 씨로 박혀 있는 현준의 라임
라임을 만진 공기가 밖으로
나갈 경로를 두드리면서
현준에게 두드러지게 하는 것

현준은 검색창에 오렌지나무 Lima 연이어 입력한다
연관 검색어를 넘나들다 마주친 검색 결과는 해당 표현
을 정확하게 기억하고 있었다
스피커 모양을 터치하면 포르투갈어를 들려준다

바다에 퍼지는 오렌지나무와 Lima……

현준은 다시 나의 나의 나임 나 라 라 라임 라임……
입을 풀어보는 것이다

얼굴근육은 이제 나의 라임오렌지나무로 즐겨 부른다
어학 사전은 Meu Pé de Laranja Lima로 즐겨 부르고 있었다

Laranja?

산티아고는 흠칫한다
잘하면 현준의 입속에서 고개를 내밀던 오렌지나무를 발견할 수도 있었다
현준은 순간 산티아고와 눈을 마주친다
그러나 현준도 이제 산티아고를 더는 신경 쓰지 않는다
현준은 산티아고 동공 속에다 흘린 문장을 입속으로 가져와 일정한 두께로 곱씹어볼 뿐이다

아바나 둑 현준과 아바나 둑 산티아고
조금 뒤, 아바나 둑 현준과 아바나 둑 산티아고
다음 주, 아바나 공항에 현준과 아바나 가정에 산티아고
다시 다음 주, 서울 가정 소속 현준과 아바나 둑 친구들 산티아고

같이 걷던 친구들은 산티아고의 옷자락을 당긴다

　산티아고는 다시 둑을 따라 길게 걸어간다

　아바나의 수평선은 사람들이 목젖부터 풍기던 잎사귀
를 익히 맡아왔다

밟아보기

비냘레스는 쿠바에서도 시골로 여기는 곳이다

뭉뚝한 산을 두고
둘러싼 간혹 스페인산 기와를 덮은 지붕들
위에 얹은 새파란 물탱크
곁으로 무심하게 시멘트 옥상
정도 담긴 사진을 찍어 보내 줬을 때

뭐 어디, 시골 갔어?
한국 시골
시골이 한국 아니면 그럼 ㅁ…… ㅝ……

?

한국 시골만 전송된 채로
한국 시골에 붙어 있던
에서 좀 먼 시골
입력 창에 입력해두고 나중에 전송하기

내일은 와이파이 카드를 사러 센트럴 광장에 간다
카드 뒷면을 긁을 동전 만지작거리며
발코니로 나와
답장 미리 쓰기

흔들의자에 기대
옆으로 누워 보는 시야에
신발을 놔두고 맨발로 돌아다니는 흙 위에서

아이들은 연을 날린다

명절도 아닌 하늘을 나는 연보다도
저 흙이 궁금하다

움직일 생각이 터진 손과 발은
흙이 시작되는 앞에
신발을 놓는다

쥐고 있지 않은 손과

신고 있지 않은 발이

이렇게 촉촉한 흙 위에

유기물이 풍부하다

꼼지락거린다

glitch glitter

발품을 내내 팔아서 그랬나 2인용 숙소를 혼자 쓰게 되었다. 살면서 이렇게 두툼하고 넓은 매트리스에, 몸이 모두 포함된 적이 있었나? 소금쟁이 버둥을 치다가 겨우 한 방향으로 몸을 틀었다. 웅크려 보니까 키가 큰 직사각형 유리문에는 누군가 아무렇지도 않게 살고 있는 풍경이 들어 있다. 몇 시간 안에 그 풍경을 빼곡하게 다 살아보려면 잠을 충분히 자는 게 억울할 정도. 잠으로 이어지지는 않았다.

낮 바람에 흔들리는 나뭇결은 내 시야에 들어와 굴곡을 주장하고 있었다. 손으로 가려 덮으면 손바닥 안에서 잎들이 손금을 건드릴 것 같았다. 흔들거리는 잎들은 솔의 질감으로 모여 손바닥을 쓸어주었다. 손바닥에서 굴곡을 주장하던 선들에게 잎들은 고요한 반박을 가했다. 논쟁으로 이어지지는 않았다. 어떤 판단도 입에서 나오지 않았고 새로운 옷으로 갈아입었다.

남은 일정을 다 소화하고 돌아와 누워 어둠에 잡아먹힌 바깥을 보다가 천장을 보았다. 천장의 패턴을 보는데 스페인어를 주로 쓰는 이곳에서 생산한 것 같지는 않고. 어디 아프리카에서 온 건가? 쏠린 초원이 묻은 색감. 구획을 멈추고 곱슬대는 곡선. 패턴이 이어지는 방향을 따라가 뛰어놀던 생물과 같이 놀던 생물의 움직임이 들린다. 빈틈없이 완벽한 패턴은 천장과 벽의 경계를 유유히 빠져나가 바깥으로 이어졌다. 경계에 부딪혀 천장으로 돌아오다 얼굴 위로 쏟아지는 이 감상들을 떠들던 내 목소리.

자고 일어나서 소화할 일정을 정리해보려는 생각의 발성이 또렷하다. 생각은 패턴과 손금 사이사이로 돌아다니며 갈 곳을 잃는다. 등 뒤에서는 한국에 가서 해야 할 일들이 부산하게 떠들고 있었다. 손금 사이에 살 수 있는 것과 사고 싶은데 사지 못하는 것이 실뜨기를 하며 얽힌다. 꿈에 기념품 가격과 모양새와 쓰임새를 일목요연하게 말하는 재능이 뛰어난 애가 나오면 어떡하지? 천장에다 목록을 적어놓겠지. 적다가 지치자 잠이 시야에 납작하게 껴든다.

오늘은 한국보다 이불로 돌아간다.

아직 여기에서 본 적 없었던 푸른 점들

순차적으로 천장과 벽 사이로 들어와 눈꺼풀 사이로 밀려들었다.

잉헤니오스

반나절을
증기기관차로 돌아다닌다

바퀴가 앞구르기를 꼭꼭 썰어
온몸으로 발음하는 동안

빌딩을 섭취한 적 없는
경작된 마을이
시야와 복도로
느긋하게 달렸다

들판에서는
도시였다면 걷어냈을 만한
아무렇게나 자란 것들이
지저분하지 않은 듯이 여겨지고 있었고

티셔츠 안으로 손을 넣어 꺼낸
오래된 건초를 홀씨처럼 날려 보냈다

이따금 내려 걷는 걸음과
하늘이 해설해주는 날씨로

마을로 번지는 들판을 보며

기관차가 다시 달리기 시작한 방향과
내내 굴려오던 몸속 방향이 맞닿을 때

복도를 기관차만큼 확대해놓는다

양 날개를 펼쳐 팔랑거리는 출입문으로
바람이 들판에서 복도로 가로지르니
뒤 칸에서 넘어오더니 눈앞 방으로 들어가더니

기관차 밖으로 얼굴을 내민 작물들
손이나 볼에
잉헤니오스를 쳐다보는 잎들이
너르게
겹쳤다

벗어났다

겹쳤다가

만개하기

살사를 배우러 가지않음	**일출**	말레콘올레길러닝	쿠바에선 캐나다달러가 미국달러보다 가치가높음!	**캐나다**			나 집에 가고 싶나...?		
카사와 가족들	**아바나**			**미국**	토익말고 오픽을해서 미국에가기		**바라데로**	처음으로 해보는 호캉스	
그지같은 바가지	**일몰** 그리고칵테일		발밑아래로 지나가는 미국이라니		반시계여정을 먼저생각하기	**잿빛 해변**	줄서는동안 말튼 캐나다가족	쿠바에서 듣는 강남스타일	
시차적응	쿠바비자 잘챙기기	미국에 가봐..? 경비 걱정..	**아바나**	**미국**	**바라데로**				
	멕시코	잠들면 누가지갑 훔쳐간다	**멕시코**	**쿠바**					
	타코를 공항밖에서 사먹었어야지	공항 안에서 잠깐 보는 멕시코시티	**비냘레스**	**히론**	**트리니다드**				
Sonny를 아는 Cubano..	삼각햄과 삼각치즈	흔들의자	개어주신 빨래에서 나지않는 아무냄새	**솔직한 바다 활달한 생물들**		한국인과 함께먹은 아침식사	한국인과 함께마신 저녁커피	송전탑 오르막길 안내견	
승마는 재밌었음!	**비냘레스**	돌벽옥상과 흰철제의자	다이빙을 하지않음	**히론**	스노클링 올롤롤롤	**풀러이던 하얀 식탁보들**	**트리니다드**	잉헤니오스 기차투어	
시가를 태우지 않음	시가와 원두를 구매함	새해에도 남아있는 트리	해변에서 만난이들과 찍은사진들	기어가던 특정하기힘든 무늬도마뱀	망가진 플립플롭	같은동네에 한국인이 이렇게 많다고...?			

아바나 일화

저는 조금 더 높은 곳으로 데려다달라고 했어요

기사님은 스페인어랑 영어를 섞어 쓰는 거 같았는데
sí라고 하신 거였는지 see라고 하셨는지 sea였던 건지

1957년부터 몰았다는 콜렉티보Colectivo를 고쳐 쓴 내
력을 들으며

말레콘을 지나
지는 해를 따라가기 시작했어요

조금 뒤에
이 기분이 아닌 거 같아
유턴하게 되었는데요

내일 아바나 공항에 가야 한다는 사실만은
해를 따라 직진하고 있었어요
같이 한국에 가게 되었어요

여기 와서 이 말 하려고
돈 내고 몇 시간 벌어봤다는 게 신기하네요

마저 다 쓰고 가야 해요

캐리어에 모두 욱여넣을 수는 없었거든요
만났던 모든 사람도
오래전 한국에서 수입해 와 아바나에 주차된 지선 버스도

여길 돌아다녔던 발바닥만큼은 데려가서
오래 써먹고 싶어요

경비는 아직 남았긴 한데
경비를 아껴야겠다는 생각을 너무 많이 탕진했어요

기사님에게 저의 이런 내력들 돈……
섞어 지불하고 내렸어요

기사님도 뒤따라 언덕에 내렸는데요

같이 풀썩 앉으시겠어요?

기사님은 손짓 눈짓을 섞어 썼는데
저를 보면서 언덕을 두드렸어요

어깨가 늘어지면서
언덕으로 쏟아졌어요

들썩였어요

한국이
좀 빨라요

거기에 가면
제가 저를 어디로 데려가야 할지 잘 모르겠어요

이런 얘기들까지 다
손짓 발짓 섞어서

우는 모습으로 번역했어요

기사님은 저를 두드려주셨어요

애써
기사님은 지금 여기서 낭비해도 됩니까?
번역된 스페인어로 말씀드렸는데요

게슴츠레
화면을 바라보던 기사님이
마이크 버튼을 누르는 너머로

어렴풋이
모로 요새의 기개와

아닌 기분이 들면 다시 유턴해 오세요

화면에 있던
울림이 유창했습니다

남쪽 물결*

그 뒤로 아르헨티나에 가게 되었다.

멕시코시티 공항에서 한국행 항공권을 취소했다.

적금 계좌 하나를 중도해지했다. 편도로 아르헨티나행 항공권을 발권했는데도 잔액이 꽤 쏠쏠했다.

멕시코시티 공항에서 한국인을 찾아다녔다.

여름옷이 필요한 사람에게 여름옷을 주고 여름옷을 받거나 긴 옷을 받았다.

부에노스아이레스 공항에서 짐을 가져갈 사람들을 찾아다녔다.

메일과 카톡이 미어터지기 시작했다. 뒤집어 히프 색에 쑤셔 넣었다.

국립공원까지 가는 정보만을 챙겨 자유를 부렸다.

이구아수폭포에 도착하자 맑은 날씨가 조금씩 무너졌다.

가랑비와 이구아수를 동시에 맞았다.

나를 솔직하게 열어

젖을 수 있는 내부는 모두 젖었다.

버텨왔다면 빠져나가도 좋다고 소리쳤다.

방 몇 개가 떼어져 손으로 받아냈다. 이구아수가 쓸어
갔다.

손을 넣어 내부를 긁어냈다.

끈질기게 달려 있던 방들에겐 격려해주었다.

융털이 필요한 이구아수에게 물컹한 잎들을 던졌다.

면역력도 던졌다.

이구아수는 얼굴에 감기를 튀겼다.

몸이 납작해져 나는 굉음이 일었다.

* 전용헌.

도착하기

우수아이아

택시에 타고
Corea만 말해도
Vivero los coreanos?

마름모가 산발적인
철제문 앞에서 내렸다

밀고 나간 사람들이
결국 구경하는 모습이 두드러진다

채소 농사가 다 망한 곳에서
망했던 자리를 꾹꾹 밟으며
일궈낸 화훼

옅은 안개를 맞으며
느긋하게 바라보는 마르티알 빙하

비로소 빙하를 보다가
순간 뒤를 돌아보았다

아주 질긴 아킬레스건은
여전한 한국에 있었는데

그곳으로부터
이곳까지

늘어난 발목이
이어진 동안

망친 기분은 너무 많이 겹쳐서
나는 결국 망망해졌다

드디어
이제껏 한국에 있었던 발바닥

떼자

첫발을 내딛는다

남극

5부

DDP

다대포

도넛 모양이 아닌
한 겹 막을 덧댄 튜브에 숨을 불어넣는다

한 겹 펴 바르는 선스크린이 스며든 피부를 만지며
튜브를 띄우기도 전에
무수히
물아래로 가라앉은 모래에 박혀 있는 생물들
조류가 뽑아낸 생물들의 뿌리가 부표가 있는 쪽으로 흘
러갈 때

막 밑으로 지나가는 게
앉은자리에서 다 느껴져

팔꿈치 직전까지 들어간 양팔이
가지고 있었던 양손의 무게를 놓을 때

흐려지는 손바닥이 만져졌다던

냄새만 맡으면 헛구역질이 나 생일에도 먹지 못하게 된 미역 잘 말려 굽지 않으면 먹지도 않을 파래 김밥천국에서 봤던 매생이는 이런 데서 공수해 오나 봐 마라도까지 가서도 면발만 골라내 먹었던 짜장 묻은 면이 사라지고 남은 톳 그리고 톳보다도 왜 가졌는지 모르는

해초에 관한 경계심보다 더 날카로운

한 번도 먹어본 적 없는 듯한 생물의 질감

이름도 모르는 비식용해초

비바람직배출된 비식용쓰레기

손끝으로

발등으로

언젠가 녹내가 나던 녹슨 집게로

걷어내던

물속을 거쳐 온

늦은 여름

막을 가졌던 튜브는 가져오지 않았고

이곳에선 도넛 모양을 살 수 있다

이렇게 깨끗한 모래
누구 하나 다치게 한 적 없을 것 같은
매끈한 튜브에 오르기 전에
스트랩샌들을 벗고
튜브에 얹혀

서서히 부슬거리는 장마를 겪는다
안내 방송이 울려 퍼지지 않는 동안
의향에 따라 출입할 사람들만 출입했다

얇은 비바람을 맞는 동안
얇은 비바람 튜브 위 한동안 느린 해안선의 모양 퍼지
는 양팔을 거느리게 만들고

양손은 튜브 밑이 궁금하지 않고
양손은 8시 20분이나 4시 40분이나 만들어보면서

손끝과 발등이 없는 시간

장마를 걷어내기까지
한동안 부유했다

이곳에도 어떤 일화들이 녹아 있겠지만

잦아드는 장마

물로만 만들어지는 굴곡과 리듬

밤바다 위에서 투숙하는 튜브

8시 22분을 만드는 아침

얇아진 흐르는 방치되는 튜브

다대포의 소실점으로

동대문디자인플라자

몽돌 같은 건물과

입자가 너그러운 바닥

스트랩샌들을 신은 사람이 지나간다

이곳에서도 형성되는 어떤 생태계

해소되는 계절

다양한 동네에서 비분리배출되는 사람들

밀물처럼 곁까지 감싸 도는 지선 버스

앞으로도 평일에 와야겠다

체기가 가라앉는 거 같아

몇 시간 동안 최대화되는 한적

이 광장보다 더 넓은 공간을 가진 음악에는 사라진 가사

두툼한 카메라와 몇 겹 덧댄 패션

몇 장 찍는 동안 몇 겹 덧대는 숙고

원하는 위치에 서서 구조물이나 몽돌의 기분을 가진 사람과

피사체와 관람객의 입장을 나눠 갖는다

참여형 공연에 올라선 사람처럼 피사체의 입장을 가진 사람을 돌고 돌아

광장의 다른 면을 천천히 밟아

7시 17분으로

9.5시 10분으로

11시 0.76분으로

겪는 양팔

8.38시 5.9678……분으로……

채소 콜키지

우이동 계곡에 가는 중이다. 잠시 뒤 나는 친구와 만난다. 친구가 예약해둔 곳은 도봉산보다는 북한산의 물줄기에서 나오는 정기를 터 잡고 세워졌다고 한다. 오래전부터 그 부근에 문명이라도 꾸려놓은 것처럼. 들뜬 목소리로 내 위치를 물어보던 친구는 통화로 자신의 다른 한 손이 무척 무겁다고 말했다. 나의 다른 한 손에는 가볍고 텅 빈 대나무 채반이 들려 있다. 친구의 말소리 너머로는 물소리가 들린다.

다다른 계곡 초입부터 물줄기가 확실해진다. 맛집이 즐비하다. 수박을 물가에 띄우기에는 아직 시기상조였다. 주말도 아니었던 것 같고. 오후도 아니었다. 친구는 다시 통화로 물기를 털 채소들이 조금 남았다고 한다. 지 성격상 오려면 좀 걸리는 애가 지어내는 자연스러운 변명을 오늘은 이해하고 있었다. 맛집들과 조금 떨어진 지점에서 주말도 오후도 아닌

한창이 산속을 파고들고 있었다.

돌도 즐비했다. 모나지 않은 어느 돌 위에 채반을 올려놓는다. 넓적한 돌 옆에 앉아 깨끗하게 씻은 손을 말리며 얼마간 보고 있었다. 오늘은 간만에 손으로만 단번에 깊숙하게. 눈으로는 한창을 보면서.

방으로 손을 뻗는다. 방을 뒤져 겨자를 감지한다. 다치지 않은 겨자들의 단면이 손으로 느껴진다. 한 움큼 뗀 겨자들을 밖으로 꺼내 채반에 담는다. 유달리 크게 자란 적상추들도 꺼내 와 채반에 담는다. 손이 나를 뒤집을 기세로 정말 깊숙하게 창고에 도달했을 때 명이절임이 잘 절여졌나 확인하고 싶었다. 락앤락 안에는 명이가 잘 담겨 있다.

락앤락 안에선 간장이 흐르고 밖에선 계곡이 흐른다.

다시 방을 뒤지느라 손은 깊숙해지고 고개를 숙이게 된다. 귀는 이 한적한 계곡 안까지 뒤지는 발걸음을 듣는다. 앉은 다리로 만든 넓적한 마름모 위에 상반신을 거치시키고 있는데, *뭐 하셔?* 아는 말투가 아니네. *어디 아퍼?* 네.

어디가 아퍼냐고. 네. 어어?

　그 사람은 알아서 흘러갔다.

　그 상태에서 턱을 치켜 쳐다본 그 표정은 그 사람밖에 볼 수 없었을 것이다.

　복도에 오래 집어넣었던 손을 꺼내 말린다.

　간판을 물어물어 용케 찾아온 친구를 맞닥뜨렸을 때, 나는 산더미로 쌓아놓은 채소들의 물기를 다 털고 있던 참이었다. 친구는 내 손을 만지더니 네가 데리고 있던 잎보다 네 손이 더 축축하고 초록빛을 띤다고 말했다.

　계곡물에 손을 담가 풀기가 떠나가는 것을 본다.

　예약된 자리에 있는 돌판 옆에 각자의 채반을 놓는다. 강된장과 보리밥을 시키면 부속 반찬들과 함께 나온다고 한다. 채반 아래 있던 락앤락에서 명이절임을 꺼내어 접시에 던다. 지져지는 연기가 계곡으로 파고들고 있었다. 돌판에 축축한 손을 가까이 쬔다.

대저택

여기 오는 데 몇 년이 걸렸다

오려고 뭘 했던 것도 없었고

그냥…… 너에게 무던하게 있었는데

올라올 계단을 다 올라왔다는 말을 들었고
어느새 여기에 와보게 된 것이었다

한 번도 안 적도 온 적도 없었던 곳에서

사고 싶다던 모빌이
이곳과 바깥의 햇발을 개고 있었다

드넓게 네가 진열해놓은
일조량이나 눈이 편한 색깔, 색감, 감촉, 침대 옆면을 알
뜰히 내어 만든 수납공간, 인센스, 향처럼 흩뿌려놓는 바
이닐, 궤적을 따라 재생되는 취향과 더 감지하려다 만 것
들도

말 하나하나에서 어떻게……
이렇게 살아 있는 광경으로 자란 것도 잘한 건데
그걸 악세지도 않게 이 넓은 곳을……
너도 참 대단하다……
바깥과 오갔단 네가 순간 충격적이어서
  언뜻언뜻 읊었던 것들을 조금 비좁게 들여놓는 정도로
앞질러 생각했던
  내 태도가 다 엎질러졌다

  그러자 내 상상을 다 씻어낸 듯이 이곳은 분명하다

  나 그동안 심심하게 알아왔던 너보다
  오늘 다시 알아차린 너랑
  진짜 제대로 친해지고 싶어

  그러자

  순간 비명을 지를 듯이 주변이 너무 밝아
  저녁이 찾아왔다는 사실까지 하얗게 잊었고

네가 가져온 프로젝터로
그것을 머금었다

쏜 빔이

계단 아래로

사실은 생략되었던 긴 뜰이 펼쳐지고 있었다

순간 나를 단숨에 저 먼 뜰의 끝까지 엎지를 수 있을 것
같았다

그러나 내가 떤 호들갑으로 누군가에게 여기 오늘까지
오는 것이 쉬운 일은 아니었다

깊게 걸어가며
이 광경과 서서히 친해지기 시작했다

청보리밭

오두막에서 내려와 넓은 길로 걸어갔다. 손바닥이 청보리들을 스친다. 스러져갔다. 양손을 늘어뜨리면 바람이 오고 가는 모양으로 호흡이 달라진다. 날숨이 차분히 가라앉는 동안 청보리들이 사방에 자리하기 시작했다. 한참을 걸어와 청보리들 사이에 묻혔다.

아직도 저편에는 내가 걸어온 만큼 청보리밭이 펼쳐져 있다. 청보리들과 바람과 그들을 느끼는 사람의 마음이 모두 순한 순간은 드문 일이다.

하늘은 환하게 트여 있었다. 무슨 형광등 켜놓은 거 같아. 축제가 시작되면 사람들이 몰려들 텐데. 뒤통수 너머로 발걸음이 들려올 때 허공에서 손 하나가 내려와 청보리밭 일대를 뒤흔들었다.

뒤돌아보자
순한 마음이 순식간에 딱딱하게 굳어지고
익숙한 벽과 방이 형성된다.

고창에 다시 갈 거야. 밭에 있었어.

알았으니까 밥부터 먹고 가든가 해.

나무 식탁에는 보리차를 담은 유리병과 들풀을 담은 유
리병이 놓여 있다. 유리병에 기르기 시작한 그 들풀은 엄
마가 하산하다 바람에 쓰러진 것을 주워 온 것이다. 나도
기르고 싶은 게 있어.

엄마는 대답 대신 창문을 연다. 한동안 창문을 열어놓
은 탓에 냉기가 가득한 보리차를 커피포트에 조금 붓는
다. 끓인 물을 유리병에 붓기 전에 냉기가 가득한 보리차
를 먼저 붓는다. 온도를 섞어준 뒤에 그것을 잔에 따라 마
신다.

속이 순해진다.

밤에는 청보리밭에서 녹음한 소리를 들었다. 고창에 언
제 가지? 갈 궁리를 하면서. 어떤 날에는 고창이 나오는
드라마나 다큐멘터리를 보았다. 유튜브에도 제법 고창에
간 영상들이 올라왔다. 어떤 낮에는 책상을 쳐다보고 있

171

는 벽을 쳐다보았다. 빛이 벽을 쳐다볼수록 벽이 흐려졌
다. 그때 방에 돌아오기 전에 나 밭에 있었잖아. 나 어떻게
불렀어?

들어가니까 방이 허옇게 질려 있어. 책상은 뭐 맨날 어
질러져 있고. 풀냄새가 엄청나. 창문을 열어놔도 풀냄새
가 안 빠지더라. 어딜 갔어? 책상을 막 헤집었는데 사방이
훤해지고 손에 풀이 막 집히더라? 막 헤집었어.

뒤통수 너머로
고창으로 갈 구석이 갖춰지고 있었다.

그렇다고 당장 청보리밭에 가지는 않았다. 책상부터 정
리할 것들을 정리했고, 자주 걸어다니며 발목의 체력을
비축했으며, 택시는 될 수 있으면 타지 않았다. 생각해보
면 엄마가 내게 청보리밭에 가지 말라고 하지는 않았다.

무척 맑은 날에 창문을 제대로 닫지 않으면 청보리들이
부르는 목소리가 점점 들린다. 눈을 감고 방 안의 모서리

를 하나씩 잊어버린다.

마음은 한참을 먼저 걸어가 청보리 사이에 묻혀 있었다.

방은 질려버렸다. 나를 포기하고 흐려져 갔다.

다시 눈을 떴을 때
축제는 아직 시작되지 않았다.

가만가만 청보리밭으로 걸어갔다.

청보리들과 바람과 그들을 느끼는 사람의 마음이 모두
순한 순간은 드문 일이다.

바람은 청보리와 마음을 적당히 뒤흔들었다.

집을 떠나버리고 싶은 건 아니었다.

오두막이 뚜렷해져갔다.

거기에 무성한 측백나무와 아카시아에 대해

측백나무는 일찍부터 여러 문장 안에서 흠모를 받아왔다 측백나무와 같이 자라본 적도 없는 몇 사람은 측백나무가 잘 자라는 마을이라면 죄다 찾아갔다 어느 마을 왕족이 묻힌 무덤 옆에 있던 측백나무는 열매가 다 사라지자 무덤에 꼬이는 벌레를 죽이지도 못하고 죽어버렸다

마을은 측백나무 뿌리를 제대로 솎아내지도 않고 급하게 덮어버렸다 이제 그 자리에선 아카시아가 자란다 잊을 만하면 그 마을에 찾아가던 〈6시 내고향〉 리포터는 풍성하게 자란 아카시아 앞에서 감탄을 멈추지 않았다

저 기둥 아래
몸집 큰 흙 자국들 곁으로
벌레들이 모여들고 있다

나는 마을에 가기 위해 시외버스를 타고
도착한 길 턱에 선다

마을로 들어가는 길 턱에는 입석(立石)이 있고 그 옆에

곧 내가 앉아 있을 자리

　나무 아래서 여름을 자주 피하던 할머니에게 몇 년 동
안 찾아와 화전을 부쳐 먹던 사람에 대해 전해 들었지 그
사람은 아카시아를 꺾어 입에다 즐겨 문다고 했어 반죽이
다 익으면 물었던 꽃잎을 올린다 그랬어 그 사람은 아카
시아 맛만 느끼면 그만이야 그 사람은 여름이 다 질 때까
지 수많은 아카시아를 꺾어 갔고……

　나도 나무 아래에서 무언가 가져가고 싶다는 생각
　나무들 앞에는 아무 푯말이 없다
　나는 나무들을 꺾진 못한다

　그 사람은 이곳에 몇 번 더 찾아왔다가 더 기름진 화전
을 위해 다른 마을을 찾아 떠나갔다
　이장은 그 사람이 떠나간 후로 미소가 피었다
　다시 완연한 마을
　아카시아는 하얀 꽃을 내리고 있다

엄숙하게 생각하지 않아 두렵지도
그렇다고 익숙하지도 않아

다만 허리 양옆까지 내려온 나뭇가지

끈질기게 엉겨 붙은 땅속 뿌리처럼
떨어지지 않는 꽃잎

꽃잎을 떨어뜨려도 되는 건 바람뿐이야
바람 없는 비가 내린 다음 날이면 바람은 아카시아의
무게를 좀더 덜어내고 할머니를 감탄하게 했다

그것은 아카시아가 자라나면서부터 마을 안에서 구전
된 놀이

안개비를 다 맞고 나면
촉촉한 습기가 할머니의 얼굴에 내려앉는다

마을은 차분히 마른다

이제 하얀 잎은 손등을 떠나
슬픈 사람의 부족한 기분에 책갈피가 되러 갈 것이다

왜가리는 아카시아가 스쳐도
논에서 소리를 내지 않는다

다시 뒤돌면
나뭇가지대로
꽃대로
잎대로

스스로 늘어지는 풍경

손안에 가득 쌓인다
눈을 감으면 촉감이 선명해진다

집에 가면 화분에 옮겨 담고
촉감을 기억한 열매가 열릴 때까지

풍경을 잊지 못할 것이다

열매가 다 자란 풍경을 확실하게 상상하자 그제야 만져
지는 돗자리
하염없이 기다린 느낌

나는 나무 아래에 있다

앞으로 화분에서
열매가 익을 거라면 익는 대로
문장으로 받아 적을 일

꺾지 않을 수 있어서 향기가 스미는 동안

누구의 입이나 눈에다 전해주고 싶은 생각으로 이어지
지만

지금은 나무
아직은 아카시아

여전히 측백나무

길턱에서 일어나 목을 젖히면

아카시아는 천천하고
나를 보고 가만히 서 있고

나무 주위로 진이 빠진 벌레들이 흩어져 있다

한자 쓰기

사방이 조용해졌습니다 창밖에서 녹음된 바람은 이어 폰 없는 화면에서 새어 나오기도 합니다 새어 나오라고 놔뒀습니다 노트 옆에는 물이 담긴 투명한 컵을 놔뒀습니다 인쇄된 모눈종이 안에 십자로 그려져 있는 점선 간격 사이로 지나가는 바람 이렇게 조성된 환경에서 한자를 씁니다 단순하든지 복잡하든지 하는 획들이 한 자 한 자 모여 한 몸 한 몸 완성해가는 것 스포이트로 나란히 물방울을 나눠 주듯이 예시로 나와 있는 모양들을 뿜을 잉크를 옮깁니다 다음 칸으로 그다음 칸으로…… 특정 획을 쓰느라 힘이 들어갈 때마다 손에서 힘을 빼려고 합니다 손은 펜이 쓰러지지 않을 정도로만 붙듭니다 획은 모눈종이에 새기는 생채기인가요? 문신인가요? 아님 모눈종이에게 챙겨 주던 마땅한 할 일이었나요? 모눈종이 안에 가끔 흘려놓은 실수를 봅니다 며칠 전엔 획수가 부족했습니다 어제는 순서가 틀렸습니다 오늘은 오늘의 칸을 벗어나려고 합니다 한자 노트에는 내일 쓸 칸이 남아 있습니다 그렇다고 오늘 틀려야겠다는 생각은 아닙니다 단지 입과 밭 정원 같은 한자들을 생각해봅시다 끝맺음을 지으려다 삐져나온 꼬리를 틀렸다고 하기엔 안쓰럽지 않나요? 수도 없이 씌어진 획에 몸을 맞추려다 오늘에야 겨우 태어난 여지를 소용돌이 낙서로 덮어버리는 건 아깝지 않나요? 틀렸다 생각한 자국을 봅시다 어느 칸에서는 점선이 원하던 바람의 동선을 연습해봤습니다 어느 칸에서는 점선을 이어주던 빛의 시선을 연습해봤습니다 오늘 모든 시도를 다 써낼 생각은 없습니다 컵 안에 올라 찬 물은 컵 벽에 일정한 획으로 높이를 긋고 있습니다

다중생활체

주로 표준국어대사전이나 우리말샘에 들른다. 거기에 가면 검색대가 무엇을 사러 왔는지 묻는다. 요즘은 생활이 제철이라길래 보러 왔어요. 검색대는 곧바로 '생활+생활비+생활환경+사회생활'로 구성된 1+3 기획 상품을 구매하는 것이 어떻겠냐고 묻는다. 받아 든 제품을 뒤집어 영양정보에서 활력의 함량을 확인해보았는데, 어쩐지 낱개 단위의 생활만 두 개 정도 챙겨 나올 수 있었다. 둘 중 하나는 그것이 함유할 수 있는 모든 옵션이 담긴 것이고, 하나는 '어떤 행위를 하는 상태' 옵션만 택한 특화 제품이다. 생활이 있는 근처에는 갖가지 제품과 쓰임새, 용례가 도사린다. 살 것만 사서 나오기까지 각종 판촉과 찜 그 사이에 정작 묻힌 꿀팁이 나를 가만 놔두질 않는다. 시식이나 시음 정도는 해볼 만하다. 확 사로잡는 것은 별로 없었고, 얼마 전부터 뒷면의 영양정보, 원산지를 살펴 꼼꼼하게 따져 사게 되었다. 표준국어대사전을 빠져나오면서 내 손에는 생활과 체만 들린다. 이때, 체는 가격표처럼 달린 위첨자 1과 8이 붙은 것이다. 생활비를 사지 않아 생활비를 조금 아꼈다.

싱크대에 생활과 체를 놓고, 태블릿과 스마트폰 화면

속에 있던 이중을 꺼내 손질해준다. 이중의 꼭지와 옆면이 조금 상해 있다. 꼭지를 꺾어주고 옆면은 도려낸다. 채까지 썬 채로 생식을 해보니 다중한 맛과 비슷하다. 얼마 전에는 다정에 함유된 질소의 함량을 확인하는 일이 있었다. 냉장고 안에 큼지막하게 소분해놓았던 버터를 조금 더 작은 조각으로 나박 썰어준다. 마늘은 편으로도 썰고, 다져도 놓는다. 그다음 생활. 생활이 제철일 때 어떻게 손질하는 거였더라? 감을 다시 잡아야 한다. 비난과 비판을 사서 온전한 표면을 느낄 때까지 흐르는 물에 씻었던 것처럼, 생활을 뽀득하게 씻어 불순물을 제거하고 같이 사온 체에 거른다. 촘촘한 구멍 사이로 걸러지는 조사와 호흡과 접두사와 어미와 발음과 어순과 번역 투와 밈. 그렇다고 엄격한 한국어를 먹으려던 것은 아니었다는 엄격함까지. 이 행위가 정돈인지 검열인지는 모르겠으나 입자는 잘다. 탄력은 여전하다. 이제 이중과 생활과 체를 다른 재료들과 함께 넣고 볶는다.

이 조리를 거듭하기까지 거쳐온 곡절을 되돌아본다. 한창 우리말샘에서 박리다매하던 시기가 있었다. 그때 닥치는 대로 샀던 것들을 소화하려다 나의 뇌는 며칠 속이 없했다. 그것들을 대충 때려 넣고 조리하려다 화를 내듯 불이 커질 뻔한 적도 있었고, 새까맣게 탔던 말할 것도 없는 수치였거나, 입안에서 서로 따로 논 적도 많았다. 표준국어대사전에도 소비자의 이의가 제기되기는 하지만, 우리말샘에서 사 온 것들을 한동안 잡식하다 다시 표준국어대사전에서 쓰임새, 용례, 기초 정도만 사다 놓고 절식하는 나날을 보냈다. 그러다 오래간만에 새로운 재료를 사 온 것이다. 다행히 지금 말하는 동안에도 이중과 생활과 체를 넣고 놀리는 무의식적인 손놀림은 그때보단 능숙해졌고, 불은 중약불로 적당히 줄여놓았다. 이렇게 떠드는 감각을 손이 기억했으면 좋겠다.

어떤 재료의 역할인지 모르겠는데 버터와 마늘 향을 물씬 입은 이 조합은 점액이 꽤 분비된다. 끈끈하더니 서로 어우러지기 시작한다. 중약불에 중불에 약불을 지속적으로 더하니 오래 졸듯 끓기 시작한다. 끈끈한 이들끼리 합심해 프라이팬 바깥을 나가려는 모양새로. 분비물이 끓고 있는 채로 접시에 담는다. 어쩐지 이것이 다 만들어진 형태인데도 먹지도 않고 물끄러미 바라본다. 생각할 수 있는 향신료를 죄다 뿌려놓고 이것의 내음만 먼저 들이켜는

데 내가 점점 확장된다. 사방팔방으로. 미칠 것 같다.

그 뒤로 다중생활체는 볶아 먹어도 좋았고 올리브유를 자작하게 해놓고 튀겨 먹어도 좋았다. 다중생활체가 알아서 몸을 구를 때까지 닦는 방법도 있었고. 손 하나 까딱하지도 않고 조리법이나 떠든 날에는 그 조리법이 문체나 서체의 형태로 주변 사람들에게 배포되었다.

다중생활체를 정직하게 곱하여 대량으로 만들어놓은 다음에 조금씩 소분해놓은 용기의 한 면에는 이렇게 적혀 있다.

이것을 섭취하고 음미할 경우
다중한 증상이 유발될 수 있음

다-체-rium

인큐베이터에는 반백여 모종 샘플러가 놓여 있다.

이따금 찾아오는 사람들은 자신들의 시선을 머물게 할 모종을 찾는다.

인큐베이터의 조건은 처음 설정된 이후에도 시시각각 달라진다──온도가 습도가 조명이 빛이 인원이 성향이 기분이……

어느 모종에게 시선이 닿는다.

어느 모종은 드러낸다──발성을 몸짓을 태도를 입꼬리를 정체를……

어느 모종에게 손가락이 닿는다.

어느 모종 유닛 하나를 불쑥 집더니 그 사람은 졸지에 나에게 이 모종을 키우게 된 경위까지 물었다.
  : 나는 눈을 감고 두 손으로 이마를 짚으며 한참 동안 더

눈을 감고 있을 수밖에 없었다. 이 모종을 어디서 발견했는지, 혹시 발명한 것인지부터 어떻게 이어 기를 수 있었는지 이어온 경로의 동선을 처음부터 다시 걸어내야 했으니까, 이윽고 설명할 수 있었다. 그것을 야무지게 잘 설명해내고 싶기 때문이었지.

사람들은 모종을 가져가도 되는 건가, 가져가기 시작한다.

그거 가져가시면요── 이입이 접촉이 확장이 수렴이 사실이 해석이……

모종을 다시 놓고 가는 사람도 있었다.

모종을 다시 가져갔다가 다시 놓고 다시 가져가는 언젠가의 모종의 나를

내가 보고 있었다.

모종이 다시 인큐베이터 안에 놓이는 모습까지도

나는 끝내주게 잘 길러내고 싶었고

모종은 다시 누군가의 손에 들리게 될 수도 있고

어쩌면 다시 나와 같이 살게 될 수도 있는 건데

아무렴

Is it tasty?

최선교
(문학평론가)

우리는 각자의 관심사에 비추어 세상을 이해한다. 이 말은 관심사가 아닌 일은 잘 해낼 수 없다는 의미이기도 하다. 한 인간의 경험세계——실제로 보거나 듣거나 겪어서 인식하는 세계——를 초과하는 일은 경이롭지만 대체로 피곤하고 때때로 외롭기까지 하다. 그래서 우리는 자신의 세계를 초과하는 것을 생각만큼 잘 참지 못한다. 예를 들어 그렇게 친하지 않은 누군가의 하염없이 길어지는 말을 참는 일, 모두가 아름답다고 하는 그림 앞에서 혼자서 해야 할 말을 찾지 못하는 일, 반대로 홀로 느낀 아름다움을 그 누구도 이해하지 못하는 일 따위가 그렇다. 방금 '예를 들어'라는 말을 사용한 것은 이 문장을 읽는 이의 경험세계와 공명하여 비교적 순조롭게 이해받기 위한 시도라 할 수 있다. 반면 이같은 시도는 처음부터 표현하려고 했던 바를 어느 정도 포기하는 일이기도 하다. 이렇듯 경험세계 속에서 이해받고 싶은 욕망과 자기표현의 욕구가 쉽게 충돌함을 알 수 있다. 우리가 표현하려는 것들은 전달하기에 충분히 쉽지 않거나, 너무 단순하거나, 과도하게 넘치거나, 지나치게 부족할 때가 있기 때문이다.

> 당귀밭에서 빠져나와
>
> 당귀 방에서 빠져나와
>
> 복도에 늘어선
>
> 적근대 방
>
> 치커리 방
>
> 상추 방
>
> 케일 방
>
> 겨자 방
>
> 호박잎 방……
>
> 내가 자처한 방들……
>
> ──「당귀 방」 부분

차현준의 첫 시집을 빼곡하게 채운 이미지들은 이러하다. 식물이 자라는 밭과 그 밭이 있는 방을 빠져나오면 각종 식물이 자라고 있는 또 다른 방들이 있고, 방들이 늘어선 복도가 있다. 식물이 있는 방과 복도가 거듭 등장할수록 그것을 너무 알고 싶거나, 별로 알고 싶지 않아진다. '이것은 예를 들어 이러저러한 것입니다' 같은 말을 생략

한 채, 방과 복도는 어떤 것을 **설명하기**보다 단지 **보여주기**로 한다. "이것을 좀더 과정으로 보여주면 다음과 같다"라는 말이 나오면 잠시 반갑다가, 그 전과 다를 바 없는 또 다른 형식이 출현한다. "│손가락/ 발│가락/ 가발│락/ 락가발│/신전는하축구터부락가발│"(「명치환」). 이 시집은 '어떤 느낌'을 표현하기로 한 방식으로부터 쉽게 물러서지 않는다. 그러니 방과 복도 앞에서 조금 의아해지는 마음은 "파괴하지 않고서/파악하"(「block jack」)려는 이 시집의 목적 때문이다. 그러다가 "아무것도 못 하면 어떡해?"(「당귀 방」) 하고 불안이 목까지 차올라도 화자는 부지런히 눈과 손을 놀려 식물을 다듬고, 밭을 매고, 방을 정돈하고 배치한다. 이해하기를 강요하지 않으면서도 이해받기를 포기하지 않는 마음으로.

이 시집이 '보여주기' 방식을 택한 것은 방과 복도 그리고 그 안에서 생장하는 식물이 통제 불가능의 영역에 있기 때문이다. 통제할 수 없는 것을 어떻게 파괴할 수 있을까. 커다란 거울 앞에서 댄서 선생님이 보여주는 기본 동작을 따라 하던 '나'는 자기 것인 줄로만 알았던 몸이 뜻대로 움직이지 않는다는 사실을 감지한다(「아이솔레이션」). 몸은 고정한 채 "눈동자만, 목만, 가슴팍만, 골반만 돌리기"가 이렇게 어려운 것이구나. 어째서 잘 움직이지 않는 건지 고민하다가 "이걸 제가 할 수 있나요?"라고 묻는다. 이때 요구되는 작업은 '아이솔레이션'이 어떤 의미인지 정확히 이해하는 것보다 단지 "촉각을 곤두세우며" 눈과 몸으로 그 흐름을 따라가는 것이다. 그 과정이 바로 "isolation도, 독립도, 분리도 아닌 아이솔레이션"이다. 실제 표기(isolation)로도, 정확한 단어의 뜻(독립 혹은 분리)으로도 설명할 수 없는 그 '느낌'을 따라 "고개 숙였다, 가슴팍만, 배만, 골반으로 가기, 직전에, 다시 배 내밀어, 가슴팍으로 돌아와, 배 쪽으로" 움직이다 보면 "돌연//설명할 수 없는""어떤 흐름에 따라" 앞지르는 기분을 느낀다. 이 기분을 따라 우리는 완전히 파악하지 못한 것도 즐길 수 있게 된다.

*

방과 복도는 장소인가? 풍경인가? 실제적인 것인가? 상상적인 것인가? 어떤 경우든지 그것은 단단한 물성을 지닌 공간이다.

둘렀던 에어 캡을 뜯으면
다음과 같은 구성품이 있다

손바닥에 바닥을 올려놓는다. 네 벽을 둘러 세운다. 천장으로 덮는다.

사물이 만들어지는 광경이 만들어지고

광경 속에서 사물이 만들어진다

사물을 가르치는 설명서는 기틀부터 세워야 한다고
일러둔다

가로지를수록 잡혀나는 윤곽

전개도가 몸을 일으켜
겨냥도가 되는 동안

손바닥에는 방이 있다
둘렀던 벽 하나를 열면
다음과 같은 광경이 있을 것이다

바닥에는 밭이 있을 것이다. 흙을 촉촉하게 고른다.
이랑과 고랑을 가른다.

손바닥에서 흙내가 난다

흙내와 잘 어울리는 작물들이 차례로 오고 있다

손바닥과 방 곁에는
먼저 만든 방들이 널려 있다

밭에서 무언가 기르기 전에

방부터 충분히 길러낸다

——「키트」 전문

손바닥 위에서 정육면체의 방을 조립하는 과정은 단순하고 명쾌하다. 설명서가 가르쳐주는 대로 손을 움직이다 보면 어느새 "손바닥에는 방이 있다". 이 조립 과정은 말 그대로 공간이 만들어지는 광경을 보여준다. "사물이 만들어지는 광경이 만들어지고/광경 속에서 사물이 만들어진다"라는 말처럼 '사물의 만들어짐'과 '사물이 만들어지는 광경의 만들어짐'이 동시다발로 이루어진다. 사물의 만들어짐(완성)과 맞물리며 발생하는 광경의 만들어짐(과정)은 외부에서 공급되는 동력 없이도 끊임없이 움직일 것만 같다. 키트에 담긴 것은 바닥과 네 벽, 천장이 전부이지만 그렇게 만든 방을 들여다보면 생각지도 못했던 광경이 펼쳐진다. 이 시는 그러한 "광경이 있을 것"이라고 말한다. 그 뒤로 이어지는 문장에서 추측은 실제가 된다. "흙을 촉촉하게 고른다". 그것이 어디에서 출발했으며, 어떻게 그럴 수 있는지의 의문은 훌쩍 뛰어넘어 "이랑과 고랑을 가"르고 이미 "손바닥에서 흙내가" 훅 끼치더니 "흙내와 잘 어울리는 작물들이 차례로 오고 있다".

방이라는 공간은 만들어지는 과정에서부터 이미 그것을 초과하는 광경을 품고 있다. 따라서 "밭에서 무언가 기르기 전에/방부터 충분히 길러"내야 하는 것이다. 시의 마지막에 이르러 '방'과 '밭'은 모두 '기르는 것'으로 그려지는데, 작물이 자라듯 공간도 자란다. 그것을 기르는 과정에는 완성이나 완공의 개념이 없다. 이 시집이 기르는 공간은 "오늘내일 세우고 마는 팝업스토어가 아니"므로, 그것은 내내 살아서 자란다. "그곳의 용도도 바꿔보고 태도도 바꿔보고" 가끔은 "거기 서 있던 내 기분에 따라 내 위치를 이리저리 바꿔"(「셀프 캠코더」)볼 수도 있는데, 그 모든 전환과 변화까지 합쳐져서 자라나는 공간의 총체가 된다. 이 시집이 그리는 물리적 공간으로써 '방'과 '밭'은 스스로 자라나는 생장의 성질을 갖는다. 따라서 시에서의 공간은 배후에 무언가를 감추고 암시하는 상징이 아니라, 차현준의 시가 자라나고, 배치되고, 분류되고, 길러지는 그 모든 과정을 담은 운동성인 것이다.

어떤 방에서 자라는 것들은 순순히 옮겨지고, 뽑히고, 가끔은 써먹어질 수도 있으나, 어떤 방에서는 심은 적도 없는 것이 자라기도 하고, 기른다는 말이 무색할 정도로 제멋대로이다.

'Isn't that a cherry?'
채팅 방에 있는 영어권 친구는 내가 보내 준 사진을

보더니 그렇게 물어봤다. 그 사진은 치커리 방에서 촬영되었다. 치커리 방에 체리를 심었을 리는 없는데 말이지. 치커리밭에는 치커리들. 곳곳에 붉은 열매가 방울져 있다.

'Eh…… that's a cherry?'
'Yeah, cherry! cherry tomato. looks tasty.'

방울토마토는 영어권 친구에 의해 치커리 방에서 최초로 발견되었다.

[……]

방마다 방울토마토가 들끓었다. 방울이라는 말이 없어 말이 되는 토마토가 무르익어 있었다. 굳이 자신을 방울토마토라고 우기길래 그래, 그래. 상자에 들어가 있어. 나는 방마다 방울진 방울토마토들을 열심히 쓸어 담았다.

[……]

복도에 간이 구역을 임시로 만들었다. 그곳에 방울토마토를 담은 상자를 내려놓았다. 상자 안에는 알알

이 우글우글. 생생해. 움직이는 생물처럼. 영어권 친구
가 cherry! 외치는 것처럼. 뇌 속에서 효과음이 울린다.
cherry! cherry! cherry! 하나씩. 복장 터뜨리듯이. 마지
막으로 커지던 방울토마토는 몸집 불리기를 멈췄다.

거대한 방울토마토를 베어 물고 밭고랑에 털썩 주저
앉는다.

영어권 친구에게 메시지를 보낸다.
'huh…… It's t, t, te, isti?'

——「방울토마토 신드롬」 부분

방과 밭의 주인이 그것을 기를 때, '기르다'라는 말에 담
긴 유순한 의미는 사라지고 쉴 새 없이 손을 놀려야 하는
노동 행위가 계속된다.「방울토마토 신드롬」에는 심은 적
도 없는 방울토마토가 해충처럼 번진다. 게다가 그 사실
을 발견한 사람은 치커리 방 사진을 본 "채팅 방에 있는
영어권 친구"이다. 그제야 '나'는 해충처럼 번진 방울토마
토를 발견한다. 깻잎 방에도, 적근대 방에도, "방마다 방
울토마토가 들끓"는다. 방과 밭에는 심은 적 없는 것이 자
라나며, '나'가 발견하지도 못한 것을 채팅 방과 영어권이
라는 이중의 겹을 사이에 두고, 심지어 실제로 그것을 보
지도 못한 누군가가 발견한다. "대체 왜? 어떻게?" 의도

하지 않았던 존재를 골라 주워 담는 동안에 그것은 "자신을 방울토마토라고 우기"기까지 한다. 통제를 벗어난 생명력이 걷잡을 수 없이 들끓는다. 방울토마토를 어느 정도 수습한 뒤에 그것을 한입 "베어 물"어보고 '나'가 남기는 메시지는 의미심장하다. "huh…… It's t, t, te, isti?" 문법도 의미도 맥락도 맞지 않는 문장은 아무것도 겨냥하지 못한 채 그 무엇도 전달하지 못한다. 'It's tasty.(맛있다는 주장)' 혹은 'Is it tasty?(맛있지 않으냐는 질문)'로 씌어졌어야 하는 메시지는 둘 중에 어떤 역할도 하지 않는다. 그것의 맛을 단정적으로 표현할 수도 없으며, 누군가의 반응을 기대하거나 동의를 구하지도 못하는 것이다.

이렇듯 불완전한 문장은 시집이 구사하는 스타일에 대한 유의미한 단서가 된다. 하지만 스타일의 구사는 이해를 구하기 위해 포기하거나, 이해받기를 포기해야 하는 문제가 아니다. 모든 일에 앞서 '나'는 '나'에게 일어난 "우글우글. 생생"한 일을 그런 방식으로 경험하고 있기 때문이다.「당나귀」에서 이명에 시달리던 '나'는 이비인후과에 찾아가서 묻는다. "대체 스스로 만들어낸 의무에 왜 의무적으로 고통을 느껴야 하는지 모르겠어요." '나'를 이중으로 괴롭히는 것은 '나'가 겪는 생생한 고통에 더해 그것을 나조차도 설명할 수 없다는 데서 오는 고통이다. 이해의 범위에 들어갈 수 없다는 확신은 고통이다. 왜 이유가 없는 소리가 들리는 것인지, 이유가 없다는데 이 고통은

198

왜 이렇게 생생한지, 누군가 이를 이해할 수 있긴 한 것인지…… 그 상태는 다른 이가 대신 설명해줄 수도 없다. 처방으로 받은 것은 "헤드폰으로 하는 귀 마사지와 약밖에 없었다". '나'는 "그분이 정신의학 전문의였어도 내 방과 복도를 정확히 이해했겠니……" 하고 체념하지만 동시에 "이해했을까?" 생각하며 일말의 상상을 해본다. "이해했을까?"라는 말이 '이해했으면 좋겠다'라는 말처럼 읽히는 것은 왜일까. 이 시에서 '당귀'로부터 촉발된 문제는 다시 "당귀 몇 그루"가 심긴 '나'의 방에서 그 문제를 해결하기 위한 약을 먹으며 끝난다. 시 맨 처음의 "나는 그 일을 이명으로 이해했다"라는 진술은 어느새 "나는 이 일을 당나귀로 이해했다"라는 진술로 바뀌어 있다. '당귀'가 '나'를 꼼짝없이 묶어두는 듯한 모양새의 '당나귀'라는 단어는 이명이라는 증상의 불가해함을 한 겹 더 두꺼운 불가해함으로 감싼다. 가장 이해할 수 없는 것은 여전히 "스스로 만들어낸 의무에" 고통을 받는 자신이다. "당귀에만 몰두하던 마음이 다 빠져나"가고 "욕심을 덜어"냈다고 하지만, 아마도 '나'는 또다시 '나'가 만들어낸 의무에 고통받을 것이다. "얘기해봐. 대답한 적 있었잖아. 안 하고는 못 배길 거잖아"(「창고몽」).

충동과 기질을 만족시키는 것은 삶에서 중요한 문제이다. 하지만 삶이 주는 아이러니는 개인의 충동과 기질을 금지하는 그 체계 안에서 자신의 불만족감을 해결해보려고 하는 데서 온다.* 구청에서 보도블록을 새로 깐 뒤로 "이 거리에 같이 누워 있"는 '나'는 사람들이 배 위를 밟고 지나가는 동안 그들이 구사하는 한국어를 습득한다(「온몸 일으키기」). '나'의 몸은 사방에서 쏟아지는 사람들과 그들이 내는 소리, "이따금" 누군가 흘린 침까지도 받아들인다. 그리고 이번에는 "방금 지나간 버스 밖으로 들렸던 라디오 광고에서 습득한 말투"를 그대로 흉내 내 경쾌하고 정확하게 말한다. "나는 한국어 구사력과 침 흡수력이 좋거든요!" 차현준의 시편에서는 이런 표현들이 종종 등장한다. 마치 새로운 단어를 알게 된 외국인처럼 깻잎을 키우는 상황에서 "행정력을 행사할 수 있는 인력으로 기용되었다"(「뭉게나무」)고 말한다든가, 나뭇잎을 바라보며 "손바닥에서 굴곡을 주장하던 선들에게 잎들은 고요한 반박을 가했다"(「glitch glitter」)든가 하는 문장들로 시의 밀도와 뉘앙스를 묘하게 꾸미는 것이다. "표준국어대사전이나 우리말샘에"(「다중생활체」)서 쇼핑을 하듯 고른 단어들을 정확한 장소에 배치하여 꾸민 문장은 어색하지만 정확하고, 분명하지만 어딘가 잘못 찾아온 느낌이 든다.

'나'가 누워 있는 동안 "거친 피부 위로 얹힌 기억들이

* 페르난두 페소아, 『불안의 책』, 오진영 옮김, 문학동네, 2015, p. 292 참조.

산더미로 쌓여"가고 침처럼 스며든 기억들은 '나'의 등을 간지럽힌다. 하지만 "나에겐 일어나 앉을 근육이 없"으므로 "생각하는 근육만 감수분열처럼 늘어"난다. 무엇도 거르지 않고 흡수하는 '나'의 내부는 점점 과잉되지만, 꼼짝 없이 누워 있어야 하는 상태로 인해 금방이라도 폭발할 듯 응축되어 있다. 전부 다 처리하거나 감당할 수 없을 것 같은 자극들이 차곡차곡 쌓이는 동안, 기억을 넘기는 손가락의 속도는 빨라진다. 그럼에도 등 뒤에는 차마 해결되지 못한 미진한 기억이 끈적끈적하게 눌어붙어 있다. 채팅창 목록에 "999"개가 넘게 쌓인 "지난 부스러기들"과 "나 빼고 다 나간 그룹 방"과 "나 빼고 다 나간 1:1 방" 그리고 그들이 읽지 않은 '나'의 미확인 메시지 "2"개에는 미처 확인받지 못한 말이 잠들어 있을 텐데(「채팅 방」). 매번 남겨지는 기분에는 익숙해지지 않는다.

'나'는 남들이 밟고 지나가는 길거리에 누워 있고 그들이 쏟아내는 것이라면 가릴 것 없이 모조리 습득하지만, 똑같이 쏟아낼 수는 없으니 "내가 점점 확장된다. 사방팔방으로. 미칠 것 같다"(「다중생활체」). 그러다가 불쑥 "독백을 열창 완창한 배우처럼 굴"(「여기까지 늘어선 보리수 나무에 대해」)거나 "재잘거림"을 "폭식"하고 나면 찾아오는 불쾌감과 여전한 외로움. 무수하게 양산되고 불어나고 덮쳐 오는 목소리들이 단 하나의 구멍을 통해 과잉되게 발화되거나 혹은 무엇도 발화되지 못해 생기는 불만감의

이면에는 알 수 없는 '금지'가 자리한다. 뒤통수를 덮치는 온갖 생각을 큰 솥에 몽땅 때려 넣고 휘저은 다음, 그 결과물을 그대로 내놓으면 안되나? (「미셸 공드리와 양배추 곱씹다가 양배추 곱씹어보기」) 현실에서는 덮쳐 오는 생각들은 가르고, 고르고, 쓸데없는 것은 좀 뽑아내고, 구획에 맞게 배치하는 작업을 거쳐야 비로소 무언가를 내놓을 수 있다. 그렇지 않을 경우, 제대로 할 수 있는 말이 아무것도 없는 것처럼 느껴진다. 정확히는 누구에게도 허락받지 못한다.

가령 「볼라드」에서 "개와 산책하러 나"온 '나'는 길거리에 늘어선 볼라드 중에서 똑바로 서 있어야 할 볼라드가 누워 있는 것을 보고 폭식하듯 그것이 발산하는 기억을 주워 담는다. 누워 있는 볼라드에 묻어 있는 "볼라드를 사용했던 내역"을 떠올린다. 누군가 "밟았거나 올라섰거나 움켜쥐고 할퀴고 뜯어버"렸을 상황에 대한 상상이 "여물더미처럼 불거"진다. 하지만 이걸 뭐라고 설명하지? "그 부서가 전화받는다 해봐, 뭘 얘기할 건데?/ 볼라드를? 아이들을? 보도블록을? 건초를?" 모든 것을 말할 수 없다면, 아무것도 말할 수 없다. 부서가 전화를 받을 경우에 '나'가 할 말이 없는 이유는 오히려 할 말이 "넘치"기 때문이다. 그냥 "의문과 산책을 이어"가기로 한다.

안개보다 불거진 물음표들을 걷어내니

202

저쪽에서 서서히 달려가는, 아니

달려오는?

볼라드?
들?

개는 이 상황에도 극도로 침착해지는 경향을 보인다.

기어이 나에게 돌진하려는 광경이 물음표를 박살 내며 질문들이 양산되지. 날 가로막겠다는데 삽시간이지.

근데 볼라드가 코앞까지 다가오면 뭐라고 해?
도서관 앞에 있다 왔는지 물어봐? 아니면 차 없는 거리에 굴러다니다 왔는지? 아니면 누구 억장에 꽂혀 있다가 왔는지? 아니면 이 광경을 촉발하게 한 총성으로부터 도망쳐 왔는지?

——「볼라드」 부분

한번 불거진 생각과 질문을 표현할 길이 없어 산책이나 해보려 했지만 "기어이 나에게 돌진하려는 광경이 물음표를 박살 내며 질문들이 양산"된다. "날 가로막겠다는데 삽시간이지". 상상적인 것이 현실의 산책길을 침범하면서 '나'에게는 끝내 끝나지 않을 것 같은 물음표 더미가 남는다. 이 시집에서 상상과 생각과 의문의 총량은 어떤 식으로든 기어코 스스로의 몫을 확인받아야 넘어간다. 경계를 나누는 볼라드의 역할이 파괴되고 상상, 현실, 의문, 생각이 뒤죽박죽 섞인다. 생각이든, 상상이든, 질문이든 차현준의 시에서 과잉된 모든 것은 현실적인 것과 상상적인 것이 맡은 각자의 자리를 뛰쳐나오게 만들고 그 경계를 마구잡이로 섞어놓는다. 완벽하게 구사할 수 없는 두 개의 언어를 섞어서 말하다 보니 이쪽의 언어와 저쪽의 언어가 '이상한' 방식으로 섞여버리는 것이다. 현실에서 시금치스튜를 만드는 일과 기억의 창고를 헤집어 정리하는 일이 냄비 안에서 뒤섞이면서 창고를 정리하는 동안 "목덜미에 묻은 시금치스튜 냄새"를 맡기도 하고, 다음 날 아침 "정말로" 시금치스튜를 먹는 동안에는 창고를 정리하던 것처럼 "귀 뒤"를 "물티슈로 벅벅 닦"기도 한다(「창고 몽」). 다른 공간에 존재해야 할 것들이 빠르게 교차하고 전환되며 상상은 현실을 왜곡하고, 현실은 상상을 왜곡한다. 그러면 이것을 더는 '왜곡'이라고 부를 수 있나? 현실과 상상은 구분할 수 없을 만큼 뒤섞이고, 그렇게 전방위적인 지형의 변화가 일어난다. 너무 빠른 말, 많은 말, 부족한 말, 건너뛰는 말, 실없는 말, 부서진 말, 정확한 말은 복도마다 늘어선 방과 밭에서 각자의 모양대로 자라고, 습득된 과잉은 정신세계와 물질세계의 경계를 아주 빠르게 오가며 서로의 영역을 침범하면서 분출된다.

'나'는 가끔 "서사 창작 수업의 지침에 따라" 느낀 바를 "무슨 감정으로 여겨야 하는 건지 적당한 말로 출력해"보려고 한다. 그 자신도 할 수만 있다면 지침에 따르는 사람이 되고 싶다. 버스에 테이크아웃 잔을 들고 탑승하는 누군가를 보며 언짢아하고("스테인리스 텀블러라도 하나 사든가;") 경고의 의미를 담은 포스트잇을 몰래 붙인다. '나'에게도 "이미 포스트잇이 몇 붙어 있었다. 내가 꺼내 내게 붙인 포스트잇이 다분했다". 하지만 지침과 규제가 탄생한 "경위나 논리 구조를 다 흐늘거리게 만드는 최고기온"(「붙여놓기」) 속에서 금지된 것들이 와르르 쏟아진다. 처음부터 상황을 그렇게 만들려는 "어떤 거창한 포부를 떠맡지는 않았"다. 어쩌면 삶의 대부분의 순간이 그렇듯 짜증이 논리를 압도한 것일 뿐. 이 시집의 4부가 낯선 이국의 땅에서 펼쳐지는 일은 우연이 아니다. 방과 복도의 체계로 돌아간 언어는 차라리 어떤 말을 해도 상관없는 이국의 땅에서 비로소 편안한 방향을 찾는다. 포스트잇이 등 뒤에 쉽게 붙곤 하는 세상에서는 '나'를 털어놓는 일이나 솔직해지는 일에 자꾸 무언가 끼어들었다. "흙내를 맡게 하면 저 조금 더 솔직해질!**오려두기 | 선택 영역 찾기 | 복사하기 | 붙여넣기 | 번역 | 웹 검색**"(「인도어팜 방문기」) 하지만 그곳에서는 "이 기분이 아닌 거 같"으면 언제든 "유턴하"(「아바나 일화」)는 게 허용된다. "준비해왔

던 회화 구절은 노을 앞에서 써먹을 수 없"고, "현준의 혀는 아무 생각이 없"(「나의 나의 라임 라임」)을 수 있다. 1부부터 함께 겪어온 방과 복도가 무엇이었든지 간에 거대한 폭포 앞에서 "나를 솔직하게 열어//젖을 수 있는 내부"가 모두 젖고 "방 몇 개가" 떨어져 나갈 때, 어쩐지 그 기분이 무엇인지 알 것 같은 기분이 든다. 미처 데려갈 곳이 없어 안으로만 자라던 것들이 떨어져 나갈 때, 편안하다. "끈질기게 달려 있던 방들에겐 격려"(「남쪽 물결」)한다.

어느 모종에게 시선이 닿는다.

어느 모종은 드러낸다―발성을 몸짓을 태도를 입꼬리를 정체를……

어느 모종에게 손가락이 닿는다.

[……]

사람들은 모종을 가져가도 되는 건가, 가져가기 시작한다.
그거 가져가시면요―이입이 접촉이 확장이 수렴이 사실이 해석이……

모종을 다시 놓고 가는 사람도 있었다.

모종을 다시 가져갔다가 다시 놓고 다시 가져가는 언젠가의 모종의 나를

내가 보고 있었다.

모종이 다시 인큐베이터 안에 놓이는 모습까지도

나는 끝내주게 잘 길러내고 싶었고

모종은 다시 누군가의 손에 들리게 될 수도 있고

어쩌면 다시 나와 같이 살게 될 수도 있는 건데

아무렴

—「다-체-rium」부분

차현준은 자신이 길러온 것을 "씨보다 생장할 확률이 높은 모종"(「상추삼림」)으로 내놓으며 시집을 마무리한다. 모종에 모종이 늘어서 있을 때, "어느 모종에게 시선이 닿"거나 "손가락이 닿"을 수도 있다. 누군가는 "가져가도 되는 건가" 궁금해하거나 "모종을 다시 놓고 가는 사

람도 있"을 것이다. 그리고 그 모든 광경을 "내가 보고 있"
다. 「청보리밭」에서 '나'는 "나도 기르고 싶은 게 있어"라
고 고백한다. 무언가를 기르고 싶은 사람의 소원이 가장
길게 이루어지는 방법은 '나'가 기를 수 있는 만큼 길러낸
뒤에 누군가 그것을 받아서 다시 길러주는 게 아닐까. 그
가 내내 모종을 길러온 이유는 그것을 옮겨 심기 위해서
였을지도 모른다는 생각이 든다. 기르고 싶은 것이 생긴
다는 건 "누구의 입이나 눈에다 전해주고 싶은 생각"(「거
기에 무성한 측백나무와 아카시아에 대해」)이 든다는 것. 누
군가가 필요하다. 꼼짝없이 누워 있던 보도블록이 일어
날 수 있는 효과적인 방법은 태풍이나 지진 말고도 하나
가 더 있었다. "나를 옮겨줄 건가요?"라고 묻는 것. "내 곁
에 있는 틈에 손가락을 집어넣어 내 등을 세워줬으면 좋
겠"(「온몸일으키기」)다고 바라는 것. 표현을 깎아내든 덜
어내든 포장하든, 그 어떤 경우라도 듣는 사람이 없다면
아무 소용 없다. 방과 복도와 식물은 차현준이 말을 걸기
위해 빌린 일종의 모종이다. 애초에 우리는 모두 무언가
를 빌려 말하고 있지 않나? 그렇다면 이 시집에서 자라는
것들도 각자의 방에 옮겨 심어두고 가끔 물도 주고, 어떻
게 자라는지 들여다봐주고, 다 자랐다 싶으면 한입 먹어볼
수도 있겠다. 데쳐도 좋고, 국으로 끓여도 좋다(「구조 조
정」). 그리고 그것을 다시 나누어 먹을 수 있으면 좋겠다.